Alice

George Sand

Alice

Dans un joli petit hôtel du faubourg SaintGermain, plusieurs personnes étaient réunies autour de madame de T Que madame de T fût comtesse ou marquise, c'est ce que je n'ai pas retenu et ce qui importe le moins. Elle avait un nom plus doux à prononcer qu'un titre quelconque: elle s'appelait Alice.

Elle était ce jourlà au milieu de ses nobles parents; aucun ne lui ressemblait. Ils étaient rogues et fiers. Elle était simple, modeste et bonne.

C'était une femme de vingtcinq ans, d'une beauté pure et touchante, d'un esprit mur et sérieux, d'une tournure jeune et pleine d'élégance. Au premier abord, cette beauté avait un caractère peutêtre trop chaste et trop grave pour qu'il y eût moyen de mettre, comme on dit, un roman sur cette figurelà. L'extrême douceur du regard, la simplicité des manières et des ajustements, le parler un peu lent, l'expression plus juste et plus sensée qu'originale et brillante, tous ces dehors s'accordaient parfaitement avec tout ce que le monde savait de la vie d'Alice de T Un mariage de convenance, un veuvage sans essai et sans désir de nouvelle union, une absence totale de coquetterie, aucune ambition de paraître, une conduite irréprochable, une froideur marquée et quelque peu hautaine avec les hommes à succès, une bienveillance désintéressée à l'égard des femmes, des amitiés sérieuses sans intimité exclusive, c'était là tout ce qu'on en pouvait dire. Lions et lionnes de salons la détestaient et la déclaraient impertinente, bien qu'elle fût d'une politesse irréprochable, savante même, et calculée comme l'est celle d'une personne fière à bon droit, au milieu des sots et des sottes. Les gens de coeur et d'esprit, qui sont en minorité dans le monde, l'estimaient au contraire; mais ils lui eussent voulu plus d'abandon et d'élan. Quelques observateurs l'étudiaient, cherchant à découvrir un secret de femme sous cette réserve inexplicable; mais ils y perdaient leur science. Cependant, disaientils, cet oeil noir si calme a des éclairs rapides presque insaisissables; ces lèvres qui parlent si peu ont quelquefois un tremblement nerveux, comme si elles refoulaient une pensée ardente; cette poitrine si belle et si froide a comme des tressaillements mystérieux. Puis tout cela s'efface avant qu'on ait pu l'étudier, avant qu'on puisse dire si c'est une aspiration violentée par la prudence, ou quelque bâillement de profond ennui étouffé par le savoirvivre.

Revenue depuis peu de jours de la campagne, elle revoyait ses parents pour la première fois depuis six mois environ. Ils avaient remarqué qu'elle était changée, amincie, pâlie extrêmement, et que sa gravité ordinaire avait quelque chose d'une nonchalance chagrine.

Ma nièce, lui disait sa vieille tante la marquise, la campagne ne vous a point profité cette année. Vous y êtes restée trop longtemps, vous y avez pris de l'ennui.

Ma chère, disait une cousine fort laide, vous ne vous soignez pas. Vous montez trop à cheval; j'en suis sûre, vous lisez la soir, vous vous fatiguez. Vos lèvres sont blêmes et vos yeux cernés.

Ma cousine, ajoutait un jeune fat, frère de la précédente, il faut vous remarier absolument. Vous vivez trop seule, vous vous dégoûtez de la vie.

Alice répondait, avec un sourire un peu forcé, qu'elle ne s'était jamais mieux portée, et qu'elle aimait trop la campagne pour s'y ennuyer un seul instant.

Et votre fils, ce cher Félix, arrivetil bientôt? dit un un vieil oncle.

Ce soir ou demain, j'espère, dit madame de T; je l'ai devancé de quelques jours, son précepteur me l'amène. Vous le trouverez grandi, embelli, et fort comme, un petit paysan.

J'espère pourtant que vous ne l'élevez point tout à fait à la JeanJacques? reprit l'oncle. Êtesvous contente de ce précepteur que vous lui avez trouvé làbas.

Fort contente, jusqu'à présent.

C'est un ecclésiastique? demanda la cousine.

Non, c'est un homme fort instruit.

Et où l'avezvous déterré?

Tout près de moi, dans les environs de ma terre.

Estce un jeune homme? demanda le cousin d'un air qui voulait être malin.

C'est un jeune homme, répondit tranquillement Alice; mais il a l'air plus grave que vous, Adhémar, et je le crois beaucoup plus raisonnable. Mais, ajoutatelle en regardant la pendule, le notaire va venir, et je crois, mon cher oncle et ma chère tante, que nous ferions mieux de nous occuper de l'objet qui nous rassemble.

Ah! c'est un objet bien triste! dit la tante avec un profond soupir.

Oui, dit gravement madame de T, cela renouvelle pour moi surtout une douleur à peine surmontée.

Cet odieux mariage, n'estce pas? dit la cousine.

Je ne puis songer à autre chose, reprit Alice, qu'à la perte de mon frère.

Et, comme ce souvenir fut accueilli froidement, le coeur d'Alice se serra et des larmes vinrent au bord de sa paupière; mais elle les contint. Sa douleur n'avait pas d'écho dans ces coeurs altiers.

Le notaire, un vieux notaire obséquieux en saluts, mais impassible de figure, entra, fut reçu poliment par madame de T, sèchement par les autres, s'assit devant une table, déplia des papiers, lut un testament et fut écouté dans un profond silence. Après quoi, il y eut des réflexions faites à voix basse, un chuchotement de plus en plus agité autour d'Alice; enfin on entendit la voix de la noble tante s'élever sur un diapason assez aigre, et dire, sans pouvoir se contenir davantage:

Eh quoi, ma nièce, vous ne dites rien? vous n'êtes pas indignée! je ne vous conçois pas! votre excès de bienveillance vous nuira dans le monde, je vous en avertis.

Je ne me vante d'aucune bienveillance pour la personne dont nous parlons, répondit madame de T; je ne la connais pas. Mais je sais et je vois que mon frère l'a réellement épousée.

Oui! mais il est mort; et elle ne nous est de rien, s'écria l'autre dame.

Vous tranchez lestement le noeud du mariage, ma cousine, reprit Alice. Demandez à monsieur le notaire s'il fait aussi bon marché de la question civile que vous de la question religieuse.

Les actes civils, le contrat, le testament, tout cela est en bonne forme, dit le notaire en se levant. J'ai fait connaître mon mandat et mes pouvoirs; je me retire, s'il y a procès, ce que je regarde comme impossible

Non, non! pas de procès, répondit gravement le vieux oncle: ce serait un scandale; et nous n'avons pas envie de proclamer cet étrange mariage, en lui donnant le retentissement des journaux de palais et des mémoires à consulter. Sachez, monsieur, que, pour des gens comme nous, la question d'argent n'est pas digne d'attention. Mon neveu était maître de sa fortune; qu'il en ait disposé en faveur de son laquais, de son chien ou de sa maîtresse, peu nous importe Mais notre nom a été souillé par une alliance inqualifiable; et nous sommes prêts à faire tous les sacrifices pour empêcher cette fille de le porter.

Je ne me charge pas, moi, de porter une pareille proposition, dit le notaire; et mon ministère ici est rempli. La question de savoir si vous accueillerez madame la comtesse de S comme une parente, ou si vous la repousserez comme une ennemie, n'est pas de mon ressort. Je vous laisse la discuter, d'autant plus que mon rôle de mandataire de cette personne semble augmenter l'esprit d'hostilité que je rencontre ici contre elle. Madame de T, j'ai l'honneur de vous présenter mon profond respect; Mesdames Messieurs

Et le vieux notaire sortit en faisant de grandes révérences à droite et à gauche; des révérences comme les jeunes gens n'en font plus.

Cet homme a raison, dit le jeune beaufils en moustaches blondes, qui n'avait paru, pendant la lecture des papiers, occupé que du vernis de ses bottes et de sa canne a tête de rubis. Je crois qu'il eût mieux valu se taire devant lui. Il va reporter à sa cliente toutes nos réflexions

Il est bon qu'elle les sache, mon fils, s'écria la vieille tante. Je voudrais qu'elle fût ici, dans un coin, pour les entendre et pour se bien pénétrer de notre mépris.

Vous ne connaissez pas ces femmeslà, maman, reprit le jeune homme d'un ton de pédantisme adorable et avec un sourire de judicieuse fatuité: elles triomphent du dépit qu'elles causent, et toute leur gloire est de faire enrager les gens comme il faut.

Qu'elle vienne essayer de me narguer! dit la cousine d'une voix sèche et mordante, et vous verrez comme je lui fermerai ma porte au nez!

Et vous, Alice, reprit la tante, comptezvous donc lui ouvrir la vôtre, que vous ne protestiez pas avec nous?

Je n'en sais rien, répondit madame de T, cela dépendra tout à fait de sa conduite et de sa manière d'être; mais ce que je sais, c'est qu'il me serait beaucoup plus difficile qu'à vous de l'humilier et de l'outrager. Elle ne se trouve être votre parente qu'à un certain degré, au lieu que moi je suis sa bellesoeur! elle est la veuve de mon frère, d'un homme qu'elle a aimé, que je chérissais, et pour lequel aucun de vous n'a eu, dans les dernières années de sa vie, beaucoup d'indulgence.

Au mot de bellesoeur, un cri d'indignation avait retenti dans tout le salon, et la vieille tante s'était vigoureusement frappé la poitrine de son éventail; la Cousine abaissa son voile sur sa figure; l'oncle soupira; le beau cousin se dandina et fit crier le parquet sous un léger trépignement d'ironie. D'autres parents, qui se trouvaient là, et qui jouaient convenablement, de l'oeil et du sourire, leur rôle de comparses, chuchotèrent et se promirent les uns aux autres de ne pas imiter l'exemple de madame de T

«Ma chère nièce, dit enfin l'oncle, je ne suis pas le partisan de vos idées philosophiques; je suis un peu trop vieux pour abjurer mes principes, quoique je pusse le faire avec vous en bonne compagnie. Je connais votre bonté excessive, et ne suis pas étonné de vous voir fermer l'oreille à la vérité, quand cette vérité est une condamnation sans appel. Vous espérez toujours justifier et sauver ceux qu'on accuse; mais ici, vous y perdrez vos bonnes intentions et tous vos généreux arguments. Renseignezvous, informezvous, et vous reconnaîtrez que la clémence vous est impossible. Quand vous saurez bien quelle créature infâme a été appelée par votre frère à l'honneur de porter son nom et d'hériter de ses biens, vous ne nous exposerez pas à la remontrer chez vous, et vous nous dispenserez du pénible devoir de l'en faire sortir.»

Cet avis fut adopté avec chaleur, et madame de T, restée seule de son avis, se trouva bientôt tête à tête avec son cousin. Les autres parents se retirèrent, craignant de la confirmer dans sa résistance par une trop forte obsession. Ils la savaient courageuse et ferme, malgré ses habitudes de douceur.

Ah ça, ma cousine, dit le jeune fat lorsqu'ils furent tous sortis, estce sérieusement que vous parlez d'admettre Isidora auprès de vous?

Je n'ai parlé que d'examiner ma conscience et mon jugement sur le parti que j'aie prendre, Adhémar: mais, en attendant, je vous engage, par respect pour nousmêmes, à oublier ce nom d'Isidora, sous lequel madame de S vous est sans doute désavantageusement connue. Il me semble que, plus vous l'outragerez dans vos paroles, plus vous aggraverez la tâche imprimée à notre famille.

Désavantageusement connue? Non, je ne me servirai pas de ce motla, repartit le cousin en caressant sa barbe couleur d'ambre. C'était une trop belle personne pour que l'avantage de la connaître ne fut pas recherché par les jeunes gens. Mais il en serait tout autrement dans les relations qu'une femme comme vous pourrait avoir avec une femme comme elle Alors je présume que

Tenez, mon cousin, je comprends ce que vous tenez à me faire entendre, et je vous déclare que je ne trouve pas cela risible. C'est comme un affront que vous vous plaisez à imprimer à la mémoire de mon frère, et votre gaieté, en pareil cas, me fait mal.

Ne vous fâchez pas, ma chère Alice, et ne prenez donc pas les choses si sérieusement. Eh! bon Dieu, où en serionsnous si tous les ridicules de ce genre étaient de sanglants affronts? Dans notre vie de jeunes gens, lequel de nous n'a connu la mauvaise fortune de voir ou de ne vas voir sa maîtresse s'oublier un instant dans les bras d'un ami et même d'un cousin? Peccadilles que tout cela! Vous ne pouvez pas vous douter de ce que c'est que la vie de jeune homme, ma cousine; vous, surtout, qui vous plaisez, avant le temps, à mener la vie d'une vieille femme: vous n'avez pas la moindre notion

Dieu merci! c'est assez, Adhémar, je ne tiens pas à vos enseignements. Je ne vous demande qu'un mot. Cette femme n'atelle pas aimé beaucoup mon frère, dites?

Beaucoup! c'est possible. Ces femmeslà aiment parfois l'homme qu'elles trompent cent fois le jour. Quand je vous dis que vous ne pouvez pas les juger!

Je le sais, et ce m'est une raison de plus de ne pas les condamner sans chercher à les comprendre.

Parbleu! ma chère, c'est une étude qui vous mènera loin, si vous en avez le courage; mais je ne crois point que vous l'ayez.

Enfin, répondezmoi donc, Adhémar. Je sais que le passé de cette femme été plein d'orages

Le mot est bénin.

D'égarements, si vous voulez; mais je sais aussi que, depuis plusieurs années, elle s'est conduite avec dignité; et la marque de haute estime que mon frère a voulu lui donner en l'épousant à son lit de mort, en est une preuve. Parlez donc; pensezvous, en vôtre âme et conscience, qu'elle ait épuré sa conduite et amélioré sa vie par l'envie qu'elle avait de le rendre heureux, ou par un calcul intéressé qu'elle aurait fait de l'épouser?

D'abord, Alice, je nie le principe; je suis donc forcé de nier la conséquence. Cette femme avait pris l'habitude de l'hypocrisie: elle mettait plus d'art dans sa conduite; elle avait éloigné d'elle tous ses anciens amants; elle se tenait renfermée, ici à côté, dans le pavillon du jardin de votre frère; elle cultivait des fleurs; elle lisait des romans et de la philosophie aussi, Dieu me pardonne! elle faisait l'esprit fort, la femme blasée, la compagne mélancolique la pécheresse convertie, et ce pauvre Félix se laissait prendre à tout cela. Mais quand je vous dirai, moi, que la veille de leur départ pour l'Italie, dans le temps où cette fille passait, aux yeux de Félix, pour un ange, que je l'ai reconnue, au bal de l'Opéra, en aventure non équivoque avec un joli garçon de province, maître d'école ou clerc de procureur, à en juger par sa mine!

Vous vous serez trompé! sous le masque et le domino!

Sous le domino, à moins d'être un écolier, on reconnaît toujours la démarche d'une femme qu'on a connue intimement. Ne rougissez pas, cousine; je m'exprime en termes convenables, moi, et je vous jure, non pas en mon âme et conscience mais plus sérieusement, sur l'honneur! que cette aventure est certaine. Si vous voulez des preuves, je vous en fournirai, car j'ai été aux informations. Ce villageois demeurait ici, sous les combles, dans cette maison, qui est à vous maintenant, et que votre frère faisait valoir pour vous, en même temps que la sienne, située mur mitoyen. C'était un pauvre hère, qui avait reçu d'elle de l'argent pour s'acheter des bottes, je présume. Ils s'étaient vus deux ou trois fois dans la série; la porte de votre jardin leur servait de communication. Je pourrais, si je cherchais bien, retrouver la femme de chambre qui m'a donné ces détails, et le jockey qui porta l'argent. La dernière nuit qu'Isidora passa à Paris, elle reçut cet homme dans le pavillon, dans l'appartement, dans les meubles de votre frère. Ce fut alors qu'averti par moi, il voulut la quitter. Ce fut alors qu'elle déploya toutes les ressources de son impudence pour le ressaisir. Ce fut alors qu'ils partirent ensemble pour ce voyage dont notre pauvre Félix n'est pas revenu, et qui s'est terminé pour lui par deux choses extrêmement tristes: une maladie mortelle et un mariage avilissant.

Assez, Adhémar! tout cela me fait mal, et votre manière de raconter me navre. Au revoir. Je réfléchirai à ce que je dois faire.

Vous réfléchirez! Vous tenez à vos réflexions, ma cousine! Après cela, si vous accueillez Isidora, ajoutatil avec une fatuité amère, cela pourra rendre votre maison plus gaie qu'elle ne l'est, et si elle vous amène ses amis des deux sexes, cela jettera beaucoup d'animation dans vos soirées. Mon père et ma tante vous bouderont peutêtre; mais, quant à moi, je ne ferai pas le rigoriste. Vous concevez, moi, je suis un jeune homme, et je m'amuserai d'autant mieux ici, qu'il me paraîtra plus plaisant de voir votre gravité à pareille fête. Bonsoir, ma cousine.

Bonsoir, mon jeune cousin, répondit Alice; et elle ajouta mentalement en haussant les épaules, lorsqu'il se fut éloigné: «Vieillard!»

Elle demeura triste et rêveuse. Il y a de grandes bizarreries dans la société, se disaitelle, et il est fort étrange que les lois de l'honneur et de la morale aient pour champions et pour professeurs gourmés des laides envieuses, des femmes dévotes, d'un passé équivoque, des hommes débauchés!

Tout à coup la porte de son salon se rouvrit, et elle vit rentrer Adhémar. «Tenez, tenez, ma cousine, lui ditil d'un air moqueur, vous allez voir le héros de l'aventure; c'est lui, j'en suis certain, car j'ai une mémoire qui ne pardonne pas, et d'ailleurs, la femme de votre concierge l'a reconnu et l'a nommé.»

Quelle aventure, quel héros? Je ne sais plus de quoi vous me parlez, Adhémar.

L'aventure du bal masqué; le dernier amant d'Isidora à Paris, il y a trois ans: ah! c'est charmant, ma parole! Et le plus joli de l'affaire, c'est que vous réchauffiez ce serpent dans votre sein, cousine Je veux dire dans le sein de votre famille!

Ne vous battez donc pas les flancs pour rire; expliquezvous.

Je n'ai pas à m'expliquer: le voilà qui arrive de province, frais comme une pêche, et qui descend dans votre cour.

Mais qui? au nom du ciel!

Vous allez le voir, vous disje; je ne veux pas le nommer; je veux assister à ce coup de théâtre. Je suis revenu sur mes pas bien vite, après l'avoir nettement reconnu sous la porte cochère. Ah! le scélérat! le Lovelace!

Et Adhémar se prit à rire de si bon coeur qu'Alice en fut impatientée. Mais bientôt elle fit un cri de joie en voyant entrer son fils Félix, filleul du frère qu'elle avait perdu, et le plus beau garçon de sept ans qu'il soit possible D'imaginer.

Ah! te voilà, mon enfant, s'écriatelle en le pressant sur son coeur. Que le temps commençait à me paraître long sans toi! Étaistu impatient de revoir ta mère? N'estu pas fatigué du voyage?

Oh! non, je me suis bien amusé en route à voir courir les chevaux, répondit l'enfant; j'étais bien content d'aller si vite du côté de ma petite mère.

Quelle folle plaisanterie me faisiezvous donc, Adhémar? reprit madame de T Estce là le héros de votre si plaisante aventure?

Non pas précisément celuici, répondit Adhémar, mais celuilà. Et il fit un geste comiquement mystérieux pour désigner le précepteur de Félix qui entrait en cet instant.

Alice, se sentant sous le regard méchant de son cousin, ne fit pas comme les héroïnes de théâtre, qui ont pour le public des a parte, des exclamations et des tressaillements si confidentiels que tous les personnages de la pièce sont fort complaisants de n'y pas prendre garde. Elle se conduisit comme on se conduit dans le monde et dans la vie, même sans avoir besoin d'être fort habile. Elle demeura impassible, accueillit le précepteur de son fils avec bienveillance, et, après quelques mots affectueusement polis, elle prit son enfant sur ses genoux pour le caresser à son aise.

«Je vous laisse en trop bonne compagnie, lui dit Adhémar en se rapprochant d'elle et en lui parlant bas, pour craindre que vous preniez du souci de tout ce que j'ai pu vous dire. Dans tous les cas vous voici à la source des informations, et M. Jacques Laurent vous éclairera, si bon lui semble, sur les mérites de celle qu'il vous plaisait tantôt d'appeler votre bellesoeur. Mais prenez garde à vous, cousine: ce provinciallà est un fort beau garçon, et, avec les antécédents que je lui connais, il est capable de pervertir. toutes vos femmes de chambre.»

Madame de T ne répondit rien. Elle avait paru ne pas entendre.

SaintJean, ditelle à un vieux serviteur qui apportait les paquets de Félix, conduisez M. Laurent à son appartement. Bonsoir, Adhémar Toi, ditelle à son fils, viens que je fasse ta toilette, et que je te délivre de cette poussière.

Comment! ce don Juan de village va demeurer dans votre maison, Alice? reprit le cousin lorsque Jacques fut sorti.

En quoi cela peutil vous intéresser, mon cousin?

Mais je vous déclare qu'il est dangereux.

Pour mes femmes de chambre, à ce que vous croyez?

Ma foi, pour vous, Alice, qui sait? On le remarquera, et on en parlera.

Qui en parlera, je vous prie? dit madame de T avec une hauteur accablante, et en regardant son cousin en face: votre soeur et vous?

Vous êtes en colère, Alice, réponditil avec un sourire impertinent, cela se voit malgré tous. Je m'en vais bien vite, pour ne pas vous irriter davantage, et je me garderai bien de médire de votre précepteur si instruit, si raisonnable et si grave. Pardonnezmoi si, n'ayant fait connaissance avec lui qu'au bal masqué et au bras d'une fille, j'en avais pris une autre idée Je tâcherai de tourner à la vénération sous vos auspices.

Il passa, dans l'antichambre, auprès de Jacques Laurent, qui séparait ses paquets d'avec ceux du jeune Félix, et il lui lança des regards ironiques et méprisants, qui ne firent aucun effet: Jacques n'y prit pas garde. Il avait bien autre chose en l'esprit que le souvenir d'Isidora et du dandy qui l'avait insultée au bal masqué, il y avait si longtemps! Il tourna à demi la tête vers ce beau jeune homme, dont chaque pas semblait fouler avec mépris la terre trop honorée de le porter. Voilà une mine impertinente, pensatil; mais il n'avait pas conservé cette figure dans ma mémoire, et elle ne lui rappela rien dans le passé.

Cependant Adhémar se retirait, frappé de la figure de Jacques Laurent, et se demandant avec humeur, lui qui, sans aimer Alice, était blessé de ne lui avoir jamais plu, si ce blond jeune homme, à l'oeil doux et fier, ne se justifierait pas aisément des préventions suggérées contre lui à madame de T; si, au lieu d'être un timide pédagogue, traité en subalterne, comme il eût dû l'être dans les idées d'Adhémar, ce n'était pas plutôt un soupirant de rencontre, bon à la campagne pour un roman au clair de lune, et commode à Paris pour jouer le rôle d'un sigisbée mystérieux.

Une heure après, le jeune Félix, peigné, lavé et parfumé avec amour par sa mère, courait et sautillait dans le jardin comme un oiseau; Laurent se promenait à distance, passant et repassant d'un air rêveur le long du grand mur qui longeait le jardin, et le séparait d'un autre enclos ombragé de vieux arbres. Alice descendait lentement le perron du petit salon d'été, qui formait une aile vitrée avançant sur le jardin, et où elle se tenait ordinairement pendant cette saison: car on était alors en plein été. Madame de T avait passé l'hiver et le printemps à la campagne. Elle avait souhaité d'y passer une année entière, elle l'avait annoncé; mais des affaires imprévues l'avaient forcée de revenir à Paris, elle ignorait pour combien de temps, disaitelle. Il y avait eu pourtant dans cette soudaine résolution quelque chose dont Jacques Laurent ne pouvait se rendre compte, et dont elle ne se rendait pas peutêtre compte à ellemême. Peutêtre y avaitil eu dans la solitude de la campagne, et dans l'air enivrant des bois, quelque chose de trop solennel ou de trop émouvant pour une imagination habituée à se craindre et à se réprimer.

Quoi qu'il en soit, elle marcha quelques instants, comme au hasard, dans le jardin, tantôt s'amusant des jeux de son fils, tantôt se rapprochant de Jacques, comme par distraction. Enfin ils se trouvèrent marchant tous trois dans la même Allée, et, deux minutes après, l'enfant, qui voltigeait de fleur eu fleur, laissa son précepteur seul avec sa mère.

Ce précepteur avait dans le caractère une certaine langueur réservée, qui imprimait à sa physionomie et à ses manières un charme particulier. Naturellement timide, il l'était plus encore auprès d'Alice, et, chose étrange, malgré l'aplomb que devait lui donner sa position, malgré l'habitude qu'elle avait des plus délicates convenances, malgré l'estime bien fondée que le précepteur s'était acquise par son mérite, madame de T était encore plus embarrassée que lui dans ce têteàtête. C'était un mélange, ou plutôt une alternative de politesse affectueuse et de préoccupation glaciale. On eût dit qu'elle voulait accueillir gracieusement et généreusement ce pauvre jeune homme qu'elle arrachait au repos de la province et à la nonchalance de ses modestes habitudes, en lui rendant agréable le séjour de Paris, mais on eût dit aussi quelle se faisait violence pour s'occuper de lui, tant sa conversation était brisée, distraite et décousue.

SaintJean lui apporta plusieurs cartes, qu'elle regarda à peine.

Je ne recevrai que la semaine prochaine, ditelle, je ne suis pas encore reposée de mon voyage, et je veux, avant de laisser le monde envahir mes heures, mettre mon fils au courant de ce changement d'habitudes. Et puis, j'ai besoin de jouir un peu de lui. Savezvous que huit jours de séparation sont bien longs, monsieur Laurent?

Oui, Madame, pour une mère, toute absence est trop longue, répondit Jacques Laurent, comme s'il eût voulu l'aider à lui ôter à luimême toute velléité de présomption.

Et puis, repritelle, il y avait six mois que mon fils et moi nous ne nous quittions pas d'un seul instant, et je m'en étais fait une douce habitude, que la vie de Paris va rompre forcément. Le monde est un affreux esclavage; aussi j'aspire à quitter ce monde mais il est vrai que mon fils aspirera un jour peutêtre à s'y lancer, et que ma retraite serait alors en pure perte. Ah! monsieur Laurent, vous ne connaissez pas le monde, vous! vous ne dépendez pas de lui, vous êtes bien heureux!

Je suis effectivement trèsheureux, répondit Jacques Laurent du ton dont il aurait dit: Je suis parfaitement dégoûté de la vie.

Cette intonation lugubre frappa madame de T; elle tressaillit, le regarda, et, tout à coup détournant les yeux:

Trouvezvous cette maison agréable? lui ditelle, n'y regretterezvous pas trop la campagne?

Cette maison est fort embellie, répondit Laurent, préoccupé; je crois pourtant que j'y regretterai beaucoup la campagne.

Embellie? reprit Alice; vous étiez donc déjà venu ici?

Oui, Madame, je connaissais beaucoup cette maison pour y avoir demeuré autrefois.

Il y a longtemps?

Il y a trois ans.

Ah oui! reprit Alice, un peu émue, c'est l'époque du départ de mon frère pour l'Italie.

Je crois effectivement qu'à cette époque, dit Laurent, un peu troublé aussi, M. de S faisait régir cette maison, et qu'il habitait la maison voisine.

Qui lui appartenait, reprit Alice, et qui maintenant appartient à sa veuve.

J'ignorais qu'il fût marié.

Et nous aussi; je viens de l'apprendre, il y a un instant, par la déclaration d'un homme de loi, et par de vives discussions qui se sont élevées dans ma famille à ce sujet. Vous entendrez nécessairement parler de tout cela avant peu, monsieur Laurent, et je suis bien aise que vous l'appreniez de moi d'abord. d'autant plus, ajoutatelle en observant la contenance du jeune homme, qu'il est fort possible que vous ayez quelque renseignement, peutêtre quelque bon conseil à me donner.

Un conseil? moi, Madame? dit Laurent, tout tremblant.

Et pourquoi non, reprit Alice avec une aisance fort bien jouée; vous avez le sentiment des véritables convenances, plus que ceux qui s'établissent, dans ce monde, juges du point d'honneur. Vous avez dans l'âme le culte du beau, du juste, du vrai, vous comprendrez les difficultés de ma situation, et vous m'aiderez peutêtre à en sortir. Du moins votre première impression, aura une grande valeur à mes yeux. Sachez donc que mon frère a légué son nom et ses biens, en mourant, à une femme tout à fait déconsidérée et dont le nom, malheureusement célèbre dans un certain monde, est peutêtre arrivé jusqu'à vous

Il y a si longtemps que j'habite là province, dit Laurent avec le désir évident de se récuser, que j'ignore

Mais; il y a trois ans, vous habitiez Paris, vous demeuriez dans cette maison; il est impossible que vous n'ayez pas entendu prononcer le nom d'Isidora.

Jacques Laurent devint pâle comme la mort; son émotion l'empêcha de voir la pâleur et l'agitation d'Alice.

Je crois, ditil, qu'en effet ce nom ne m'est pas inconnu, mais je ne sais rien de particulier

Pourtant vous avez dû rencontrer cette personne, monsieur Laurent; rappelezvous bien! dans ce jardin, par exemple

Oui, oui, en effet, dans ce jardin, répondit tout éperdu le pauvre Laurent, qui ne savait pas mentir, et sur qui la douce voix d'Alice exerçait un ascendant dominateur.

Vous devez bien vous rappeler la serre du jardin voisin, repritelle: il y avait de si belles fleurs, et vous les aimez tant!

C'est vrai, c'est vrai, dit Laurent, qui semblait parler comme dans un rêve, les camélias surtout Oui, j'adore les camélias.

En ce cas, vous serez bien servi, car madame de S les aime toujours, et j'ai vu, ce matin, qu'on remplissait la serre de nouvelles fleurs. Comme vous êtes lié avec elle, vous la verrez, je présume et vous pourrez alors servir d'intermédiaire entre elle et moi, quelles que soient les explications que nous ayons à échanger ensemble.

Pardonnezmoi, Madame, reprit Jacques avec une angoisse mêlée de fermeté. Je ne me chargerai point de cette négociation.

Alice garda le silence; ce qu'elle souffrait, ce que souffrait Laurent était impossible à exprimer.

«La voilà donc, cette passion cachée qui le dévore, pensait Alice; voilà la cause de sa tristesse, de son découragement, de son abnégation, de son éternelle rêverie? Il a aimé cette femme dangereuse, il l'aime encore. Oh! comme son nom le bouleverse! comme l'idée de la revoir le charme et l'épouvante!»

On annonça que le dîner était servi, et Laurent prit son chapeau pour s'esquiver. «Non, monsieur Laurent, lui dit Alice en posant sa main sur son bras, avec un de ces mouvements de courage désespéré qui ne viennent qu'aux émotions craintives, vous dînerez avec nous; j'ai à vous parler.»

Ce ton d'autorité blessa le pauvre Jacques. Sa position subalterne, comme on se permet d'appeler dans les familles aristocratiques le rôle sacré de l'être qui se consacre à la plus haute de toutes les fonctions humaines, en formant le coeur et l'esprit des enfants (de ce qu'on a de plus cher dans la famille), ce rôle de pédagogue, asservi parfois et dominé jusqu'à un certain point par des exigences outrageantes, n'avait jamais frappé Laurent; madame de T l'avait appelé et accueilli dans sa maison, comme un nouveau membre de sa famille; elle l'avait traité comme l'ami le plus respecté, comme quelque chose entre le fils et le frère. Cependant, depuis quelques semaines, cette confiante intimité, au lieu de faire des progrès naturels, s'était insensiblement refroidie. La politesse et les égards avaient augmenté à mesure qu'une certaine contrainte s'était fait sentir. Laurent en avait beaucoup souffert. Dans sa modestie naïve, il n'avait rien deviné, et, maintenant qu'un élan de passion jalouse et désolée le retenait brusquement, il s'imaginait être le jouet d'un caprice déraisonnable, inouï. Sa fierté n'était pas seule en jeu, car lui aussi il aimait, le pauvre Jacques, il était éperdument épris d'Alice, et son coeur se brisa au moment où il eût dû s'épanouir.

«Vous voudrez bien me pardonner, ditil d'un ton un peu altier; mais il m'est impossible, Madame, de ne rendre maintenant à votre désir.»

En disant cela, les larmes lui vinrent aux yeux. Trouver Alice cruelle lui semblait la plus grande des douleurs qu'il pût supporter.

Alice le comprit; et comme son fils revenait auprès d'elle; «Félix, lui ditelle avec un doux sourire, engage donc notre ami à rester avec nous pour dîner. Il me refuse; mais il ne voudra peutêtre pas te faire cette peine.»

L'enfant, qui chérissait Laurent, le prit par les deux mains avec une tendre familiarité, et l'entraîna vers la table. Laurent se laissa tomber sur sa chaise, un regard d'Alice et le nom d'ami l'avaient vaincu.

Cependant ils furent mornes et contraints durant tout le repas. L'expansive gaieté du jeune garçon pouvait à peine leur arracher un sourire. Laurent jetait malgré lui un regard distrait sur le jardin et sur la petite porte du mur mitoyen qu'on apercevait de sa place. Alice examinait et interprétait sa préoccupation dans le sens qu'elle redoutait le plus. Mais il faut dire, pour bien montrer la droiture et la fermeté du penchant de cette femme, que si elle s'était convaincue, dès le premier mot de Laurent, qu'il était bien le héros de l'aventure racontée par le beau cousin Adhémar, elle avait complètement rejeté de son souvenir les imputations outrageantes sur le caractère de Laurent. Laurent lui eûtil été moins cher, elle connaissait déjà bien assez son désintéressement et sa fierté d'âme pour regarder cette circonstance du récit d'Adhémar comme une calomnie gratuite; mais quand on aime, on n'a pas besoin d'opposer la raison à des soupçons de cette nature. La pensée d'Alice ne s'y arrêta pas un instant.

Mais par quelle bizarre et douloureuse coïncidence ce dernier amant qu'Isidora avait eu à Paris, après mille autres, se trouvaitil donc le seul homme que la tranquille et sage Alice eût aimé en sa vie?

Alice avait eu besoin d'appeler à son secours tout ce qu'elle avait de religion dans l'âme et de courage dans le caractère pour ne pas haïr le mari froid et dépravé auquel on l'avait unie à seize ans sans la consulter. Victime de l'orgueil et des préjugés de sa famille, elle avait pris le mariage en horreur et le monde en mépris. Elle avait tant souffert, tant rougi et tant pleuré dans sa première jeunesse, elle avait été si peu comprise, elle avait rencontré autour d'elle si peu de coeurs disposés à la respecter et à la plaindre, et du contraire tant de sots et de fats désireux de la flétrir en la consolant, qu'elle s'était repliée sur ellemême dans une habitude de désespoir muet et presque sauvage. Une violente réaction contre les idées de sa caste et contre les mensonges odieux qui gouvernent la société s'était opérée en elle. Elle s'était fait une vie de solitude, de lecture et de méditation, au milieu du monde. Lorsqu'elle y paraissait pâle et belle, ornée de fleurs et de diamants, elle avait l'air d'une victime allant au sacrifice; mais c'était une victime silencieuse et recueillie, qui ne faisait plus entendre une plainte, qui ne laissait plus échapper un soupir.

La mort de son mari avait terminé un lent et odieux supplice: mais à vingt ans, Alice était déjà si lasse de la vie, qu'elle l'abordait sans illusions, et qu'elle ne pouvait plus y faire un pas sans terreur. Les théories qu'on agitait autour d'elle soulevaient son âme de dégoût. Les hommes qu'elle voyait lui semblaient tous, et peutêtre qu'ils étaient tous, en effet, des copies plus ou moins effacées du type révoltant de l'homme qui l'avait asservie. Enfin, elle ne pouvait plus aimer, pour avoir été forcée de haïr et de mépriser, dans l'âge où tout devait être confiance, abandon, respect.

Ce ne fut que dix ans plus tard qu'elle rencontra enfin un homme pur et vraiment noble, et il fallut pour cela que le hasard amenât dans sa maison et jetât dans son intimité un plébéien pauvre, sans ambition, sans facultés éclatantes, mais fortement et sévèrement épris des idées les meilleures et les plus vraies de son temps, il n'y avait rien de miraculeux dans ce fait, rien d'exceptionnel dans le génie de Jacques Laurent. Cependant ce fait produisit un miracle dans le coeur d'Alice, et ce bon jeune homme fut bientôt à ses yeux le plus grand et le meilleur des êtres.

Ce sentiment l'envahit avec tant de charme et de douceur, qu'elle ne songea pas à y résister d'abord. Elle s'y livra avec délices, et si Jacques eût été tant soit peu roué, vaniteux ou personnel, il se serait aperçu qu'au bout de huit jours il était passionnément aimé.

Mais Jacques était particulièrement modeste. Il avait trop d'enthousiasme naïf et tendre pour les grandes âmes et les grandes choses: il ne lui en restait pas assez pour luimême. Absorbé dans l'étude des plus belles oeuvres de l'esprit humain, plongé dans la contemplation du génie des maîtres de l'éternelle doctrine de vérité, il se regardait comme un simple écolier, à peine digne d'écouter ces maîtres s'il eût pu les faire revivre, trop heureux de pouvoir les lire et les comprendre.

Naturellement porté à la vénération, il admira le coeur et l'esprit d'Alice, ce coeur et cet esprit que le monde ignorait, et qui se révélaient à lui seul. Il l'aima, mais il persista à se croire si peu de chose auprès d'elle, que la pensée d'être aimé ne put entrer dans son cerveau. Sa position précaire acheva de le rendre craintif, car la fierté ne va pas braver les affronts, et il eût rougi jusqu'au fond de l'âme si quelqu'un eût pu l'accuser d'être séduit par le titre et l'opulence d'une femme. L'homme le plus orgueilleux en pareil cas est le plus réservé, et, par la force des choses, il eût fallu, pour être devinée, qu'Alice eût le courage de faire les premiers pas. Mais cela était impossible à une femme dont toute la vie n'avait été que douleur, refoulement et contrainte. Elle aussi doutait d'ellemême, et à force d'avoir repoussé les hommages et les flatteries, elle était arrivée à oublier qu'elle était capable d'inspirer l'amour. Elle avait tant de peur de ressembler à ces galantes effrontées qui l'avaient fait si souvent rougir d'être femme!

Ils ne se devinèrent donc pas l'un l'autre, et malheur aux âmes altières qui appelleraient niaiserie la sainte naïveté de leur amour! Ces âmeslà n'auraient jamais compris la vénération qui accompagne l'amour véritable dans les jeunes coeurs, et qui fait qu'on s'annihile soimême dans la contemplation de l'être qu'on adore. Rarement deux âmes également éprises se rencontrent dans les romans plus ou moins complets dont la vie est traversée. C'est pourquoi celuici pourra paraître invraisemblable à beaucoup de gens. C'est pourtant une histoire vraie, malgré la vérité d'une foule d'histoires qui pourraient en combattre victorieusement la probabilité.

Aussitôt qu'Alice put voir clair dans son propre coeur, et cela ne fut pas bien long, elle interrogea avec effroi la manière d'être de Jacques avec elle. Elle y trouva une timidité qui augmenta la sienne et une tristesse qui lui fit craindre de se heurter contre un autre amour. La fierté légitime d'une âme complètement vierge la mit dès lors en garde contre ellemême; elle veilla si attentivement sur ses paroles et sur sa contenance, que tout encouragement fut enlevé au pauvre Jacques. Il fit comme Alice, dans la crainte de paraître présomptueux et ridicule. Il aima en silence, et au lieu de faire des progrès, leur intimité diminua insensiblement à mesure que la passion couvait plus profonde dans leur sein.

L'intervention du personnage étrange d'Isidora dans cette situation fit porter à faux la lumière dans l'esprit d'Alice. Elle avait pressenti ou plutôt elle avait deviné que Jacques avait beaucoup et longtemps aimé une autre femme, elle se persuadait qu'il l'aimait encore, et, en supposant que cette femme était Isidora, elle ne se trompait que de date.

Je veux tout savoir, se disaitelle; voici enfin l'occasion et le moyen de me guérir. N'aije pas désiré ardemment et demandé à Dieu avec ferveur la force de ne rien espérer, de ne rien attendre de mon fol amour? Ne me suisje pas dit cent fois que le jour où je serais certaine que ce n'est pas moi qu'il aime, je retrouverais le calme du désintéressement?

Pourquoi donc suisje si épouvantée de la découverte qui s'approche? Pourquoi aije une montagne sur le coeur?

Vous trouvez ce lieuci trèschangé? ditelle en prenant le café avec lui sur la terrasse ornée de fleurs. Vous regrettez sans doute l'ancienne disposition?

Il y a beaucoup de changements en effet, répondit Jacques; les deux pavillons vitrés qui forment des ailes au bâtiment n'existaient pas autrefois. Le jardin était dans un état complet d'abandon. C'est beaucoup plus beau maintenant, à coup sûr.

Oui, mais cela vous plaît moins, avouezle.

Ce jardin désert et dévasté avait son genre de beauté. Celuici a moins d'ombre et plus d'éclat. Je le crois moins humide désormais, et partant beaucoup plus sain pour Félix.

Le jardin d'à côté est plus vaste et lui conviendrait beaucoup mieux. Malheureusement la porte de communication est fermée; et il est à craindre qu'elle ne se rouvre jamais entre ma bellesoeur et moi.

Votre bellesoeur, Madame?

Eh oui, mademoiselle Isidora, aujourd'hui comtesse de S À quoi donc pensezvous, monsieur Laurent? Je vous ai déjà dit

Ah! il est vrai; je vous demande pardon, Madame!

Et Laurent perdit de nouveau contenance.

Écoutez, mon ami, reprit Alice après l'avoir silencieusement examiné à la dérobée, vous avez, j'espère, quelque confiance en moi, et vous pouvez compter que vos aveux seront ensevelis dans mon coeur. Eh bien, il faut que vous me disiez en conscience ce que vous savez ou du moins ce que vous pensez de cette femme. Ce n'est pas une vaine curiosité qui me porte à vous interroger: il s'agit pour moi de savoir si, à l'exemple de ma famille, je dois la repousser avec mépris, ou si, dirigée par des motifs plus élevés que ceux de l'orgueil et du préjugé, je dois l'admettre auprès de moi comme la veuve de mon frère.

Vous m'embarrassez beaucoup, répondit Jacques après avoir hésité un instant; je ne connais pas assez le monde, je ne puis pas assez bien juger la personne dont il est question pour me permettre d'avoir un avis.

Cela est impossible: si on n'a pas un avis formulé, décisif, on a toujours, sur quelque chose que ce soit, un sentiment, un instinct, un premier mouvement. Si vous refusez de me dire votre impression personnelle, j'en conclurai naturellement que vous ne prenez aucun intérêt à ce qui me touche, et que vous n'avez pas pour moi l'amitié que j'ai pour vous; car, si vous m'adressiez une question relative à votre conscience et à votre dignité, je sens que je mettrais une extrême sollicitude à vous éclairer.

Il y avait longtemps que madame de T n'avait repris avec Jacques ce ton d'affectueux abandon, qui lui avait été naturel et facile dans les commencements, et qui maintenant devenait de plus en plus l'effort d'une passion qui veut se donner le change en se retranchant sur l'amitié. Jacques était si facile à tromper, qu'il crut l'amitié revenue; et lui qui se persuadait être disgracié jusqu'à l'indifférence, accueillit avec ivresse ce sentiment dont le calme l'avait cependant fait souffrir. Il pâlit et rougit; et ces alternatives d'émotion sur sa figure mobile et fraîche comme celle d'un enfant, l'embellissaient singulièrement. Sa fine et abondante chevelure blonde, la transparence de son teint, la timidité de ses manières, contrastaient avec une taille élevée, des membres robustes, un courage physique extraordinaire; sa main énorme, faite comme celle d'un athlète, et cependant blanche et modelée comme un beau marbre, eût été d'une haute signification pour Lavater ou pour le spirituel auteur de la Chirognomonie2; son organisation douce et puissante, stoïque et tendre, était résumée tout entière dans cet indice physiologique.

Note 2: (retour) M. d'Arpentigny a écrit, comme on sait, un livre fort ingénieux sur la physionomie des mains. Nous croyons son système trèsvrai et ses observations trèsjustes, d'autant plus qu'elles se rattachent à des formules de métaphysique trèslucides et trèsingénieuses. Mais nous ne croyons pas ce système plus exclusif que ceux de Gall et de Spurzheim. Lavater est le grand esprit qui a embrassé l'ensemble des indices révélateurs de l'être humain. Il n'a pas seulement examiné une portion de l'être mais il a esquissé un vaste système, dont chaque portion, étudiée en particulier, est devenue depuis un système complet. La phrénologie et la chirognomonie sont traitées incidemment, mais avec largeur, dans Lavater. En s'appliquant aux particularités de la physionomie générale, chaque système amène au progrès, des observations plus précises, des études plus approfondies, et de nouvelles recherches métaphysiques. C'est sous ce dernier point de vue que nous attachons de l'importance à de tels systèmes. En général, le public n'y cherche qu'un, une sorte d'horoscope. Nous y voyons bien autre chose à conclure de la relation de l'esprit avec la matière. Mais ce n'est pas dans une note, et au beau milieu d'un roman, que nous pouvons développer nos idées à cet égard. L'occasion s'en retrouvera, ou d'autres le feront mieux. En attendant, l'ouvrage de M. d'Arpentigny est à noter comme important et remarquable.
Quand il osait lever ses limpides yeux bleus sur Alice, une flamme dévorante allait s'insinuer dans le coeur de cette jeune femme; mais cet éclair d'audacieux désir

s'éteignait aussi rapidement qu'il s'était allumé. La défiance de soimême, la crainte d'offenser, l'effroi d'être repoussé, abaissaient bien vite la blonde paupière de Jacques; et son sang, allumé jusque sur son front, se glaçait tout à coup jusqu'à la blancheur de l'albâtre. Alors sa timidité le rendait si farouche, qu'on eût dit qu'il se repentait d'un instant d'enthousiasme, qu'il en avait honte, et qu'il fallait bien se garder d'y croire. C'est qu'en se donnant sans réserve à toutes les heures de sa vie, il se reprenait malgré lui, et forçait les autres à se replier sur euxmêmes. C'est ainsi qu'il repoussait l'amour de la timide et fière Alice, cette âme semblable à la sienne pour leur commune souffrance.

Ah! pourquoi, entre deux coeurs qui se cherchent et se craignent, un coeur ami, un prêtre de l'amour divin, ou mieux encore une prêtresse, car ce rôle délicat et pur irait mieux à la femme; pourquoi, disje, un ange protecteur ne vientil pas se placer pour unir des mains qui tremblent et s'évitent, et pour prononcer à chacun le mot enseveli dans le sein de chacun? Eh quoi! il y a des êtres hideux dont les fonctions sans nom consistent à former par l'adultère, par la corruption, ou par l'intérêt sordide du mariage, de monstrueuses unions, et la divine religion de l'amour n'a pas de ministres pour sonder les coeurs, pour deviner les blessures et pour unir ou séparer sans appel ce qui doit être lié ou béni dans le coeur de l'homme et de la femme? Mais où est la place de l'amour dans notre société, dans notre siècle surtout? Il faut que les âmes fortes se fassent à ellesmêmes leur code moralisateur, et cherchent l'idéal à travers le sacrifice, qui est une espèce de suicide; ou bien il faut que les âmes troublées succombent, privées de guide et de secours, à toutes les tentations fatales qui sont un autre genre de suicide.

Alice se sentit frémir de la tête aux pieds en rencontrant le regard enivré de Jacques; mais la femme est la plus forte des deux dans ce genre de combat; elle peut gouverner son sang jusqu'à l'empêcher de monter à son visage. Elle peut souffrir aisément sans se trahir, elle peut mourir sans parler. Et puis cette souffrance a son charme, et les amants la chérissent. Ces palpitations brûlantes, ces désirs et ces terreurs, ces élans immenses et ces strangulations soudaines, tout cela est autant d'aiguillons sous lesquels on se sent vivre, et l'on aime une vie pire que la mort. Il est doux, quand les voeux sont exaucés, de se rencontrer, de se retracer l'un à l'autre ce qu'on a souffert, et parfois alors on le regrette! mais il est affreux de se le cacher éternellement et de s'être aimés en vain. Entre l'ivresse accablante et la soif inassouvie il y a toujours un abîme de douleur et de regret incommensurable. On y tombe de chaque rive. De quel côté est la chute la plus rude?

Ainsi, lorsqu'on cherche à percer le nuage derrière lequel se tiennent cachées toutes les vérités morales, on se heurte contre le mystère. La société laisse la vérité dans son sanctuaire et tourne autour. Mais lorsqu'une main plus hardie cherche à soulever un coin du voile, elle aperçoit, non pas seulement l'ignorance, la corruption de la société, mais encore l'impuissance et l'imperfection de la nature humaine, des souffrances infinies inhérentes à notre propre coeur, des contradictions effrayantes, des faiblesses sans cause, des énigmes sans mot. Le chercheur de vérités est le plus faible entre les faibles, parce qu'il est à peu près seul. Quand tous chercheront et frapperont, ils trouveront et on leur ouvrira. La nature humaine sera modifiée et ennoblie par cet élan commun, par cette fusion de toutes les forces et de toutes les volontés, que décuplera la force et la volonté de chacun. Jusquelà que pouvezvous faire, vous qui voulez savoir? L'ignorance est devant vous comme un mur d'airain, et vous la portez en vousmême. Vous demandez aux hommes pourquoi ils sont fous, et vous sentez que vousmême vous n'êtes point sage. Hélas! nous accusons la société de langueur, et notre propre coeur nous crie: Tu es faible et malade!

Mais je m'aperçois que je traduis au lecteur le griffonnage obscur et fragmenté des cahiers que Jacques Laurent entassait à cette époque de sa vie, dans un coin, et sans les relire ni les coordonner, comme il avait toujours fait. Ses notes et réflexions nous ont paru si confuses et si mystérieuses, que nous avons renoncé à en publier la suite.

Vaincu par l'insistance d'Alice, il ouvrit son coeur du moins à l'amitié, et lui raconta toute l'histoire que l'on a pu lire dans la première partie de ce récit, mais en peu de mots et avec des réticences, pour ne pas alarmer la pudeur d'Alice. Elle était bonne et charitable, ditil, cela est certain. Elle m'envoya, sans me connaître, de l'argent pour soulager la misère des malheureux qui ne pouvaient pas payer leur loyer au régisseur de cette maison. Le hasard me fit entrer dans ce jardin, alors abandonné, par cet appartement alors en construction. Un autre hasard me fit franchir la petite porte du mur et pénétrer dans la serre de l'autre enclos. Un dernier hasard, je suppose, l'y amena; là je causai avec elle. Là je retournai deux fois, et je fus attendri, presque fasciné par le charme de son esprit, l'élévation de ses idées, la grandeur de ses sentiments. C'était la femme la plus belle, la plus éloquente et, à ce qu'il me semblait, la meilleure que j'eusse encore rencontrée. Ensuite

Ensuite, dit Alice avec une impétuosité contenue.

Je la revis dans un bal..

Au bal de l'Opéra?

Il ne tiendrait qu'à moi de croire que j'y suis en cet instant, reprit Laurent avec un enjouement forcé, car vous m'intriguez beaucoup, Madame, par la révélation que vous me faites de mes propres secrets.

C'était donc un secret, un rendezvous? Vous voyez, mon ami, que je ne sais pas tout.

C'était encore un hasard. Je fus raillé par une femme impétueuse, hardie, éloquente autant que l'autre, mais d'une éloquence bizarre, pleine d'audace et d'effrayantes vérités.

Comment l'autre? Je ne comprends plus.

C'était la même.

Et laquelle triompha?

Toutes deux triomphèrent de mes sophismes philosophiques, toutes deux m'ouvrirent les yeux à certaines portions de la vérité, et firent naître en moi l'idée de nouveaux devoirs.

Expliquezvous, monsieur Laurent, vous parlez par énigmes.

L'une, celle que j'avais vue vêtue de blanc au milieu des fleurs, représentait le sacrifice et l'abnégation; l'autre, celle qui se cachait sous un masque noir et que j'entrevoyais à travers la poussière et le bruit, me représentait la révolte de l'esclave qui brise ses fers et la rage héroïque du blessé percé de coups qui ne veut pas mourir. Une troisième figure m'apparut qui réunissait en elle seule les deux autres aspects: c'était la force et l'accablement, le remords et l'audace, la tendresse et l'orgueil, la haine du mal avec la persistance dans le mal; c'était Madeleine échevelée dans les larmes, et Catherine de Russie enfonçant sa couronne sur sa tête avec un terrible sourire. Ces deux femmes sont en elle: Dieu a fait la première, la société a fait la seconde.

Vous m'effrayez et vous m'attendrissez en même temps, mon ami, dit Alice en détournant son visage altéré et en se penchant pour méditer. Cette femme n'est pas une nature vulgaire, puisqu'elle vous a fait une impression si profonde.

La trace en est restée dans mon esprit et je ne voudrais pas l'effacer. Le spectacle de cette lutte et de cette douleur m'a beaucoup appris.

Quoi, par exemple?

Avant tout, qu'il serait impie de mépriser les êtres tombés de haut.

Et cruel de les briser, n'estce pas?

Oui, si en croyant briser l'orgueil on risque de tuer le repentir.

Mais elle n'aimait pas mon frère?

La question n'est pas là.

Hélas! pensa la triste Alice, c'est la chose qui m'occupe le moins. Et, en effet, la question pour elle était de savoir si Jacques aimait Isadora. «D'ailleurs, ajoutatelle, depuis trois ans que vous ne l'avez revue, elle a pu triompher des mauvais penchants; car il y a trois ans que vous ne l'avez vue?»

Oui, Madame.

Et sans doute elle vous a écrit pendant cet intervalle?

Jamais, Madame.

Mais, vous avez pensé à elle, vous avez pu établir un jugement définitif?

J'y ai pensé souvent d'abord, et puis quelquefois seulement; je ne suis pas arrivé à juger son caractère d'une manière absolue; mais sa position, je l'ai jugée.

C'est là ce qui m'intéresse, parlez.

Sa position a été fausse, impossible; elle trouvait dans sa vie le contraste monstrueux qui réagissait sur son coeur et sa pensée: ici le faste et les hommages de la royauté, là le mépris et la honte de l'esclavage; au dedans les dons et les caresses d'un maître asservi, au dehors l'outrage et l'abandon des courtisans furieux. D'où j'ai conclu que la société n'avait pas donné d'autre issue aux facultés de la femme belle et intelligente, mais née dans la misère, que la corruption et le désespoir. La femme richement douée a besoin d'amour, de bonheur et de poésie. Elle n'en trouve que le semblant quand elle est forcée de conquérir ces biens par des moyens que la société flétrit et désavoue. Mais pourquoi la société lui rendelle la satisfaction légitime impossible et les plaisirs illicites si faciles? Pourquoi donnetelle l'horrible misère aux filles honnêtes et la richesse seulement à celles qui s'égarent? Tout cela fournit bien matière à quelques réflexions, n'estce pas, Madame?

Vous avez raison, Laurent, dit madame de T avec une expansion douloureuse. Je tâcherai d'approfondir la vérité; et s'il est vrai, comme on l'affirme, que, depuis trois ans, cette femme ait eu une conduite irréprochable, je l'aiderai à sa réhabiliter. Dans le cas contraire, je l'éloignerai sans rudesse et sans porter à son orgueil blessé le dernier coup.

Atelle donc essayé de se faire accueillir par vous, Madame? reprit Laurent, que cette idée jetait dans une véritable perplexité.

Il me le semble, répondit Alice. J'ai là un billet d'elle, fièrement signé comtesse de S, qu'elle m'a envoyé ce matin, et où elle me demande à remettre entre mes mains, et face à face, une lettre fort secrète de mon frère mourant. Je ne puis ni ne dois m'y refuser. Je vais donc la voir.

Vous allez la voir?

Dans un quart d'heure elle sera ici; je lui ai donné rendezvous pour neuf heures. Vous voyez, monsieur Laurent, que j'avais besoin de réfléchir à l'accueil que je dois lui faire, et je vous remercie de m'avoir éclairée. Ayez la bonté d'emmener coucher mon fils; il est bon qu'il ne voie pas cette femme, si moimême je ne dois point la revoir. Je vous avoue que sa figure et sa contenance vont m'influencer beaucoup dans un sens ou dans l'autre.

Laurent s'était levé avec effroi; il avait pris son chapeau. Pour la première fois il était impatient de quitter Alice; mais, à sa grande consternation, elle ajouta;

Dans un quart d'heure mon enfant sera endormi; je vous prie alors de revenir me trouver, monsieur Laurent.

Permettez, Madame, que cela ne soit pas, dit Laurent avec plus de fermeté qu'il n'en avait encore montré.

Laurent, reprit madame de T en se levant et en lui saisissant la main avec une sorte de solennité, je sais que cela n'est pas convenable, et que cela doit vous embarrasser, vous émouvoir beaucoup. Mais une telle circonstance de ma vie me pousse en dehors de toute convenance, et je ne m'arrêterais que devant la crainte de vous faire souffrir sérieusement. Dites, devezvous souffrir en revoyant Isadora?

Je ne souffrirai que pour elle, mais n'estce pas assez? répondit Laurent avec assurance. Ne seraije pas auprès de vous en face d'elle, comme un accusateur, un délateur ou un juge? N'exigez pas de moi

Eh bien?

N'exigez pas que j'ajoute à l'humiliation de son rôle devant vous. Je crois qu'elle ne s'attend pas à vous trouver telle que vous êtes. Je crains que votre grandeur ne l'écrase.

Ah! vous l'aimez encore, Laurent! s'écria madame de T Puis elle ajouta avec un sourire glacé: Je ne vous en fais pas un crime. Moi, je vous demande, comme la première et peutêtre la dernière preuve d'une amitié sérieuse, de revenir quand je vous ferai avertir.

Laurent s'inclina et sortit. Il eut la tentation de courir bien loin de l'hôtel pour se soustraire à cette étrange fantaisie si sérieusement énoncée. Mais il ne se sentit pas la force d'offenser celle qu'il aimait quand elle invoquait l'amitié, une amitié qu'il croyait à peine reconquise!

«Je les verrai ensemble, se disait Alice, je me convaincrai de ce que je sais déjà. Il me sera enfin prouvé qu'il l'aime, et alors je serai guérie. Quelle est la femme assez lâche ou assez faible pour aimer un homme occupé d'une autre femme, pour songer à engager une lutte honteuse, à méditer une conquête incertaine, et qui ne s'achète que par la coquetterie, c'estàdire par le moyen le plus contraire à la dignité et à la droiture du coeur?»

Elle s'étonnait d'avoir eu le courage de provoquer cette crise décisive et d'avoir osé vaincre la répugnance de Jacques. Mais elle s'en applaudissait, et remerciait Dieu de lui en avoir donné la force. Et puis cependant une douleur mortelle envahissait toutes ses facultés, et elle s'efforçait de désirer qu'Isidora fût assez indigne de l'amour de Jacques pour qu'ellemême pût mépriser un pareil amour et oublier l'homme capable de le porter dans son sein. Mais on sait combien sont peu solides ces résolutions de hâter la fin d'un mal qu'on aime et d'une souffrance que l'on caresse.

Un domestique annonça madame la comtesse de S, et Alice sentit comme le froid de la mort passer dans ses veines. Elle se leva brusquement, se rassit pendant que son étrange bellesoeur avançait avec lenteur vers la porte du salon, et se releva avec effort lorsque l'apparition de cet être problématique se fut tout à fait dessinée sur le seuil.

Au premier coup d'oeil jeté sur cette femme, Alice ne fut frappée que de son assurance, de la grâce aisée de sa démarche et de sa miraculeuse beauté. Isidora n'était plus jeune: elle avait trentecinq ans; mais les années et les orages de sa vie avaient passé impunément sur ce front de marbre et sur ce visage d'une blancheur immaculée. Tout en elle était encore triomphant: l'oeil large et pur, la souplesse des mouvements, la main sans pli, les formes arrondies sans pesanteur, les plans du visage fermes et nets, les dents brillantes comme des perles et les cheveux noirs comme la nuit; on eût dit que la sérénité du ciel s'était laissé conquérir par la puissance de l'enfer; c'était la Vénus victorieuse, chaste et grave en touchant à ses armes, mais enveloppée de ce mystérieux sourire qui fait douter si c'est l'arc de Diane ou celui de l'amour dont il lui a plu de charger son bras voluptueux et fort.

Elle paraissait d'autant plus blanche et fraîche qu'elle était en noir, et ce deuil rigoureux était ajusté avec autant de bon goût et de simplicité noble qu'eut pu l'être celui d'une duchesse. Sa beauté avait d'ailleurs ce caractère de haute aristocratie que les patriciennes croient pouvoir s'attribuer exclusivement, en quoi elles se trompent fort.

Alice fit rapidement ces remarques et avança de quelques pas audevant d'Isidora, d'autant plus décidée à être parfaitement calme et polie, qu'elle se sentait plus de méfiance et de trouble intérieur. Au fond de son âme, Isidora tremblait bien plus qu'Alice; mais le fond de cette âme était, dans certains cas, un impénétrable abîme, et elle savait rendre sa confusion imposante. Elle accepta le fauteuil qu'Alice lui montrait à quelque distance du sien; puis, se tournant d'un air quasi royal pour voir si elle était bien seule avec madame de T, elle lui présenta en silence une lettre cachetée de noir, en disant: «C'est luimême qui a mis là ce cachet de deuil, quatre heures avant de mourir.»

Alice, qui avait beaucoup aimé son frère, fut tout à coup si émue qu'elle ne songea plus à observer la contenance de son interlocutrice. Elle ouvrit la lettre d'une main tremblante. C'était bien l'écriture, du comte Félix, quoique pénible et confuse.

«Ma soeur, avaitil écrit, ils ont beau dire, je sens bien que je suis perdu, que rien ne me soulage, et que bientôt, peutêtre, il faudra que je meure sans te revoir. Tu es le seul être que je voudrais avoir auprès de moi pour adoucir un moment pareil peutêtre affreux, peutêtre indifférent comme tant de choses dont on s'effraie et qui ne sont rien, J'aurais préféré mourir d'un coup de pistolet, d'une chute de cheval, de quelque chose dont je n'aurais pas senti l'approche et les langueurs. Quoi qu'il en soit, je veux, pendant que j'ai bien ma tête et un reste de forces, te faire connaître mes derniers sentiments, mes derniers voeux, je dirais presque mes dernières volontés, si je l'osais. Alice, tu es un ange, et toi seule, dans ma famille et dans le monde, défendras ma mémoire, je le sais. Toi seule comprendras ce que je vais t'annoncer. J'aime depuis six ans une femme envers laquelle je n'ai pas toujours été juste, mais qui avait pourtant assez de droits sur mon estime pour que j'aie su cacher les torts que je lui supposais. Depuis trois ans que je voyage avec elle, mes soupçons se sont dissipés, sa fidélité, son dévouement, ont satisfait à toutes mes exigences et triomphé de tous mes préjugés. Depuis un an que je suis malade, elle a été admirable pour moi, elle ne m'a pas quitté d'un instant, elle n'a pas eu une pensèe, un mouvement qu'elle ne m'alt consacrés. Il faut abréger, car je suis faible, et la sueur me coule du front tandis je t'écris une sueur bien froide!. Depuis huit jours que j'ai épousé cette femme devant l'Église et devant la loi, et par un testament qu'elle ignore et qu'elle ne connaîtra qu'après ma mort, je lui lègue tous les biens dont je peux disposer. Elle n'a pas songé un instant à assurer son avenir. Généreuse jusqu'à la prodigalité, elle m'a montré un désintéressement inouï. Je mourrais malheureux et maudit si je la laissais aux prises avec la misère, lorsqu'elle m'a sacrifié une partie de sa vie. Ah! si tu savais, Alice! que ne puisje te voir te dire tout ce que ma main raidie par un froid terrible m'empêche De.»

«Ma soeur, je suis presque en défaillance, mais mon esprit est encore net et ma volonté inébranlable. Je veux que ma femme soit ta soeur; je te le demande au nom de Dieu; je te le demande à genoux, près d'expirer peutêtre! Tous tes autres la maudiront! mais toi, tu lui pardonneras tout, parce qu'elle m'a véritablement aimé. Adieu, Alice, je ne vois plus ce que j'écris; mais je t'aime et j'ai confiance. Adieu ma soeur!»

«Ton frère, FÉLIX, comte de S»

Alice essuya ses joues inondées de larmes silencieuses et resta quelque temps comme absorbée par la vue de ce papier, de cette écriture affaiblie, de cet adieu solennel et de ce nom de frère qui semblait exercer sur elle une majestueuse autorité d'affection.

Elle se retourna enfin vers Isidora et la regarda attentivement. Isidora était impassible et la regardait aussi, mais avec plus de curiosité que de bienveillance. Alice fut frappée de la clarté de ce regard sec et fier. Ah! pensatelle, on dirait qu'elle ne le pleure plus, et il y a si peu de temps qu'elle l'a enseveli! on dirait même qu'elle ne l'a pas pleuré du tout!

Madame, ditelle, estce que vous ne connaissez pas le contenu de cette lettre?

Non, Madame, répondit la veuve avec assurance: lorsque mon mari me la remit, il eut peine à me faire comprendre que je devais ne la remettre qu'à vous, et ce furent ses dernières paroles.» Et Isidora ajouta en baissant la voix comme si de tels souvenirs lui causaient une sorte de terreur: «Son agonie commença aussitôt, et quatre heures après.» Elle se tut, ne pouvant se résoudre à rappeler l'image de la mort.

Mon frère vous avaitil quelquefois parlé de moi, madame? reprit Alice, qui l'observait toujours.

Oui, Madame, souvent.

Et ne puisje savoir ce qu'il vous disait?

Lorsqu'il était malade d'irritation nerveuse, il avait de grands accès de scepticisme et presque de haine contre le genre humain tout entier

Et, l'on m'a dit, contre notre sexe particulièrement?

Isidora se troubla légèrement; puis elle reprit aussitôt:

Dans ces momentslà, il exceptait une seule femme de la réprobation.

Et c'était vous, sans doute, Madame?

Non, Madame, répondit Isidora, d'un accent de franchise courageuse! c'était vous. Ma soeur est un ange, disaitil: ma soeur n'a jamais eu un seul instant, dans toute sa vie, la pensée du mal.

Mais, Madame cet éloge exagéré, sans doute, ne renfermaitil pas un reproche muet contre quelque autre femme?

Vous voulez dire contre moi? Écoutez, Madame, reprit Isidora avec une audace presque majestueuse, je ne suis pas venue ici pour me confesser des reproches justes ou injustes que la passion d'un homme a pu m'adresser. Le récit de pareils orages épouvanterait peutêtre votre âme tranquille. Je me crois assez justifiée par la preuve de haute estime que votre frère m'a donnée en m'épousant. Je ne sais pas ce que contient cette lettre; j'en ai respecté le secret et j'ai rempli ma mission. Je n'ai jamais eu l'intention de me prêter à un interrogatoire, quelque gracieux et bienveillant qu'il pût sembler.

En parlant ainsi, Isidora se levait avec lenteur, ramenait son châle sur ses épaules, et se disposait à prendre congé.«Pardon, Madame, reprit Alice, qui, choquée de sa raideur, voulait absolument tenter une dernière épreuve: soyez assez bonne pour prendre connaissance de cette lettre que vous m'avez remise.»

Elle présenta la lettre à Isidora, et approcha d'elle un guéridon et une bougie, voulant observer quelle impression cette lecture produirait sur son impénétrable physionomie.

Isidora parut éprouver une vive répugnance à subir l'épreuve; elle était venue armée jusqu'aux dents, elle craignait de s'attendrir en présence de témoins. Cependant, comme elle ne pouvait refuser, elle se rassit, posa la lettre sur le guéridon, et, baissant la tête sous son voile, comme si elle eût été myope, elle déroba entièrement son visage aux investigations d'Alice.

L'idée de la mort était si antipathique à cette nature vivace, le spectacle de la mort lui avait été si redoutable, cette lettre lui rappelait de si affreux souvenirs, qu'elle ne put y jeter les yeux sans, frissonner. Des tressaillements involontaires trahirent son angoisse; et quand elle eut fini;

«Pardon, Madame, ditelle à Alice; je suis obligée de de recommencer, je n'ai rien compris, je suis trop troublée.»

Troublée! pensait Alice; elle ne peut même pas dire émue! Si son âme est aussi froide que ses paroles, quelle âme de bronze estce là?

Isidora relut la lettre avec un imperceptible tremblement nerveux; puis elle abaissa son voile sur son visage, se releva, et fit le geste de rendre le papier à sa bellesoeur; mais tout à coup elle chancela, retomba sur son fauteuil, et, joignant ses mains crispées, elle laissa échapper une sorte de cri, un sanglot sans larmes, qui révélait une angoisse profonde, une mystérieuse douleur.

La bonne Alice n'en demandait pas davantage. Dès qu'elle la vit souffrir, elle s'approcha d'elle, prit ses deux mains, qu'elle eut quelque peine à désunir, et, se penchant vers elle avec un reste d'effroi:

Pardonnezmoi d'avoir rouvert cette plaie, lui ditelle d'une voix caressante; mais n'estce pas devant moi et avec moi que vous devez pleurer?

Avec vous? s'écria la courtisane effarée.

Puis, la regardant en face, elle vit cette douce et bienfaisante figure qui s'efforçait de lui sourire à travers ses larmes.

Ce fut comme un choc électrique. Il y avait peutêtre vingt ans qu'Isidora n'avait senti l'étreinte affectueuse, le regard compatissant d'une femme pure; il y avait peutêtre vingt ans qu'elle raidissait son âme orgueilleuse contre tout insultant dédain, contre toute humiliante pitié. Malgré ce que Félix lui avait dit de la bonté de sa soeur, et peutêtre même à cause de ce respect enthousiaste qu'il avait pour Alice, Isidora était venue la trouver, le coeur disposé à la haine. On ne sait pas ce que c'est que le mépris d'une femme pour une femme. Pour la première fois depuis qu'elle était tombée dans l'abîme de la corruption, Isidora recevait d'une femme honnête (comme ses pareilles disent avec fureur) une marque d'intérêt qui ne l'humiliait pas. Tout son orgueil tomba devant une caresse. La glace dont elle s'était cuirassée se fondit en un instant. Toutes les facultés aimantes de son être se réveillèrent; et, passant d'un excès de réserve à un excès d'expansion, ainsi qu'il arrive à ceux qui luttent depuis longtemps, elle se laissa tomber aux pieds d'Alice, elle embrassa ses genoux avec transport, et s'écria à plusieurs reprises, au milieu de sanglots et de cris étouffés:

«Mon Dieu! que vous me faites de bien! Mon Dieu! que je vous remercie!»

En voyant enfin des torrents de larmes obscurcir ces beaux yeux, dont l'audacieuse limpidité l'avait consternée, Alice sentit s'envoler toutes ses répugnances. Elle releva la pécheresse et, la pressant sur son sein, elle osa baiser ses joues inondées de pleurs.

L'effusion d'Isidora ne connut plus de bornes; elle était comme ivre, elle dévorait de baisers les mains de sa jeune soeur, comme elle l'appelait déjà intérieurement. «Une femme, disaitelle avec une sorte d'égarement, une amie, un ange! ô mon Dieu! j'en mourrai de bonheur, mais je serai sauvée!» Son enthousiasme était si violent qu'il effraya bientôt Alice. Dans ces âmes sombres, la joie a un caractère fébrile, que les âmes tendres et chastes ne peuvent pas bien comprendre. Et cependant rien n'était plus chaste que la subite passion de cette courtisane pour l'angélique soeur qui lui rouvrait le chemin du ciel. Mais ce brusque retour à l'attendrissement et à la confiance, bouleversait son âme trop longtemps froissée. Elle ne pouvait passer de l'amer désespoir à la foi souriante qu'en traversant un accès de folie. Elle en fut tout à coup comme brisée, et se jetant sur un sopha: «J'étouffe, ditelle, je ne suis pas habituée aux larmes, il y a si longtemps que je n'ai pleuré! Et puis, je ne croyais pas pouvoir jamais sentir un instant de joie Il me semble que je vais mourir.»

En effet, elle devint d'une pâleur livide, et Alice fut effrayée de voir ses dents serrées et sa respiration suspendue. Elle craignit une attaque de nerfs, et sonna précipitamment sa femme de chambre.

La femme de chambre, au lieu de venir, courut à l'appartement du jeune Félix, où se tenait Jacques Laurent dans l'attente de son sort.

L'enfant dormait, Jacques agité s'efforçait de lire. La femme de chambre le pria de se rendre auprès de madame. Tel était l'ordre qu'elle avait reçu de sa maîtresse un quart d'heure auparavant; et, dans son émotion, Alice avait oublié que le coup de sonnette devait être le signal de cet avertissement donné à Jacques. Voilà pourquoi au bout de cinq minutes, au lieu de voir entrer sa femme de chambre, elle vit entrer Laurent.

Ou plutôt elle ne le vit pas. Il s'avançait timidement, et Alice tournait le dos à la porte par où il entra. Agenouillée près de sa bellesoeur, elle essayait de ranimer ses mains glacées. Cependant Isidora n'était point évanouie. Morne, l'oeil fixe, et le sein oppressé, il semblait qu'elle fût retombée dans le désespoir, faute de puissance pour la joie. La douce Alice semblait la supplier de faire un nouvel effort pour chasser le démon Elle semblait prier pour elle, tout en la priant ellemême de se laisser sauver.

Jacques s'attendait si peu à un tel résultat de l'entrevue de ces deux femmes, qu'il resta comme pétrifié de surprise devant l'admirable groupe qu'elles formaient devant lui. Toutes deux en deuil, toutes deux pâles: l'une toute semblable à un ange de miséricorde, l'autre à l'archange rebelle qui mesure l'espace entre l'abîme et le firmament.

Cependant l'habitude de s'observer et de se contraindre était si forte chez cette dernière qu'elle y obéissait encore machinalement. Elle fut la première à s'apercevoir du léger bruit que fit l'entrée de Jacques, et, sortant de sa torpeur par un grand effort, elle recouvra la parole. «Je suis insensée, ditelle à voix basse à sa bellesoeur. L'état où je suis me rendrait importune si je restais plus longtemps. Permettezmoi de m'en aller tout de suite. Il vous arrive du monde, et je ne veux pas, qu'on, me voie chez vous. Oh! à présent que je vous connais, je vous aime, et je ne veux pas vous exposer à des chagrins pour moi; j'aimerais mieux ne vous revoir jamais, Mais je vous reverrai, n'estce pas? Oh! permettezmoi de revenir en secret! je vous le demanderais à genoux si nous étions seules.»

Je veux que vous reveniez, répondit Alice en l'aidant à se lever, «et bientôt j'espère que ce ne sera plus en secret. Pendant quelques jours encore permettezmoi de causer seule, librement avec vous.

Quand ordonnezvous que je revienne? dit Isidora, soumise comme un enfant.

Si je croyais vous trouver seule chez vous

Vous me trouverez toujours seule.

A certaines heures? lesquelles?

A toutes les heures. Avec l'espérance de vous voir un instant, je fermerai ma porte toute la journée.

Mais quels jours?

Tous les jours de ma vie s'il le faut, pour vous voir un seul jour.

Mon Dieu! que vous me touchez! que vous me paraissez aimante!

Oh! je l'ai été, et je le deviendrai si vous voulez m'aimer un peu. Mais ne dites rien encore; ce serait de la pitié peutêtre. Tenez, vous ne pouvez pas venir chez moi ostensiblement, cela peut attirer sur vous quelque blâme. Je sais qu'on a une détestable opinion de moi dans votre famille. Je croirais que je la mérite si vous la partagiez. Mais je ne veux pas que mon bon ange souffre pour le bien qu'il veut me faire. Venez chez moi par les jardins. Il y a une petite porte de communication dans votre mur; près de la porte une serre remplie de fleurs, où vous pouvez vous tenir sans que personne vous voie, et où vous me trouverez toujours occupée à vous aimer et à vous attendre.

Malgré tout ce qu'il y avait d'affectueux dans ces paroles, le souvenir de cette petite porte, de ce mur mitoyen et de cette serre fut un coup de poignard qui réveilla les douleurs personnelles d'Alice. Elle se rappela Jacques Laurent, tourna brusquement la tète, et le vit au fond de l'appartement où il s'était timidement réfugié, tandis qu'elle conduisait lentement Isidora vers l'issue opposée, en parlant bas avec elle. Elle promit, mais sans s'apercevoir cette fois de la joie et de la reconnaissance d'Isidora. Enfin, voyant que celleci sortait et se soutenait à peine, tant l'émotion l'avait brisée, elle appela Jacques avec un sentiment de grandeur et de jalousie indéfinissable.

Mon ami, lui ditelle, donnez donc le bras à ma bellesoeur, qui est souffrante, et conduisezla à sa voiture.

Sa bellesoeur! pensa la courtisane. Elle ose m'appeler ainsi devant un de ses amis! elle n'en rougit pas! et elle revint vers Alice pour la remercier du regard et saisir une dernière fois sa main qu'elle porta à ses lèvres. Dans son émotion délicieuse, elle vit Jacques confusément, sans le regarder, sans le reconnaître, et accepta son bras, sans pouvoir détacher ses yeux du visage d'Alice. Et comme Jacques, embarrassé de sa préoccupation, lui rappelait qu'il la conduisait à sa voiture.

Je suis à pied, ditelle. Quand on demeure porte à porte! Et, tenez, si la petite porte du jardin n'est pas condamnée, ce sera beaucoup plus court par là.

Je vais sonner pour qu'on aille ouvrir, dit Alice; et elle sonna en effet. Mais son âme se brisa en voyant Isidora, appuyée sur le bras de Jacques, descendre le perron du jardin, et se diriger vers le lieu de leurs anciens rendezvous. Elle eut la pensée de les suivre. Rien n'eut été plus simple que de reconduire ellemême sa bellesoeur par ce chemin; rien ne lui parut plus monstrueux, plus impossible que cet acte de surveillance, tant il lui répugna, Elle ne pouvait pas supposer qu'Isidora n'eût pas reconnu Jacques. «Comme elle se contient jusqu'au milieu de l'attendrissement!» se disaitelle. «Et lui, comme il a paru calme! Quelle puissance dans une passion qui se cache ainsi! Ne saisje pas moimême que plus l'âme est perdue, plus l'apparence est sauvée?

Elle s'accouda sur la cheminée, l'oeil fixé sur la pendule, l'oreille tendue au moindre bruit, et comptant les minutes qui allaient s'écouler entre le départ et le retour de Jacques.

Isidora et Jacques marchaient sans se parler. Elle était plongée dans un attendrissement profond et délicieux, et ne songeait pas plus à regarder l'homme qui lui donnait le bras que s'il eût été une machine. Il s'applaudissait d'avoir échappé à l'embarras d'une reconnaissance, et, pensant à la bonté d'Alice, lui aussi, il se gardait bien de rompre le silence; mais un hasard devait déjouer cette heureuse combinaison du hasard. Le domestique qui marchait devant eux s'était trompé de clef, et lorsqu'il l'eut vainement essayée dans la serrure, il s'accusa d'une méprise, posa sur le socle d'un grand vase de terre cuite, destiné à contenir des fleurs, la bougie qu'il tenait à la main, et se prit à courir à toutes jambes vers la maison pour rapporter la clef nécessaire.

Jacques Laurent resta donc tête à tête avec son ancienne amante sous l'ombrage de ces grands arbres qu'il avait tant aimés, devant cette porte qui lui rappelait leur première entrevue, et dans une situation tout à faite embarrassante pour un homme qui n'aime plus. L'air d'un soir chargé d'orage, c'estàdire lourd et chaud, ne faisait pas vaciller la flamme de la bougie, et son visage se trouvait, si bien éclairé qu'au premier moment Isidora devait le reconnaître, à moins que, dans la foule de ses souvenirs, le souvenir d'un amour si promptement satisfait, si promptement brisé, put ne pas trouver place parmi tant d'autres.

Il affectait de détourner la tête, cherchant ce qu'il avait à dire, ou plutôt ce qu'il pouvait se dispenser de dire pour ne pas manquer à la bienséance. Offrir à sa compagne préoccupée de la conduire à un banc en attendant le retour du domestique, lui demander pardon de ce contretemps, rien ne pouvait se dire en assez peu de mots pour que sa voix ne risquât pas de frapper l'attention. Il crut sortir d'embarras en apercevant une de ces chaises de bois qu'on laisse dans les jardins, et il fit un mouvement pour quitter le bras de madame de S afin d'aller lui chercher ce siège. Ce pouvait être une politesse muette. Il se crut sauvé. Mais tout à coup il sentit son bras retenu par la main d'Isidora qui lui dit avec vivacité:

Mais, Monsieur, je vous connais, vous êtes Mon Dieu, n'êtesvous pas

«Je suis Jacques Laurent», répondit avec résignation le timide jeune homme, incapable de soutenir aucune espèce de feinte, et jugeant d'ailleurs qu'il était impossible d'éviter plus longtemps cette crise délicate. Puis, comme il sentit le bras d'Isidora presser le sien impétueusement, un sentiment de méfiance, et peutêtre de ressentiment, lui rendit le courage de sa fierté naturelle.

Probablement, Madame, lui ditil, ce nom est aussi vague dans vos souvenirs que les traits de l'homme qui le porte.

Jacques Laurent, s'écria madame de S, sans répondre à ce froid commentaire, Jacques Laurent ici, chez madame de T.! et dans cet endroit! Ah! cet endroit qui m'a fait vous reconnaître, je ne l'ai pas revu sans une émotion terrible, et j'ai été comme forcée de vous regarder, quoique Jacques, vous ici avec moi? Mais comment cela se faitil? Que faisiezvous chez madame de T? Vous la connaissez donc? Oui: elle vous a appelé son ami. Vous êtes son ami Son amant peutêtre! Écoutez, Jacques, écoutez, il faut que je vous parle, ajoutatelle avec précipitation en voyant revenir le serviteur avec la clef.

Non, pas maintenant, dit Jacques troublé et irrité: surtout pas après le mot insensé que vous venez de dire

Ah! repritelle en baissant la voix à mesure que le domestique s'approchait, quel accent d'indignation! je crois entendre la voix de Jacques au bal masqué lorsque, pour l'éprouver, je le supposais l'amant de Julie! Au nom de la pauvre Julie qui est morte dans tes bras, Jacques, écoutemoi un instant, suismoi. Mon avenir, mon salut, ma consolation sont dans vos mains, Monsieur Si vous êtes un homme juste et loyal comme vous l'étiez jadis Si vous êtes un homme d'honneur, parlezmoi, suivezmoi ou je croirai que vous êtes mon ennemi, un lâche ennemi comme les autres! Eh bien! n'hésitez donc pas! ditelle encore pendant que le domestique faisait crier la clef dans la serrure rouillée; rien de plus simple que vous me donniez le bras jusqu'à mes appartements. Rien de plus grossier que de me laisser traverser seule l'autre jardin.» Et elle l'entraîna.

Je vais attendre monsieur? dit le vieux SaintJean avec cet admirable accent de malicieuse bêtise qu'ont, en pareil cas, ces espions inévitables donnés par la civilisation.

Non, répondit Jacques avec sa douceur et sa bonhomie ordinaires, laissez la clef, je vais la rapporter en revenant.

En ce cas, je vais la mettre en dehors pour que monsieur puisse revenir.

Jacques n'écoutait plus. Emporté comme par le vent d'orage, il suivait Isidora, qui, parvenue au milieu du jardin, tourna brusquement du côté de la serre, et l'y fit entrer avec une sorte de violence.

Elle ne s'arrêta qu'auprès de la cuvette de marbre, et de ce banc garni de velours bleu, sur lequel elle s'était assise près de lui pour la première fois. «Ne dites rien, Jacques! s'écriatelle en le forçant de s'asseoir à ses côtés, ne préjugez rien, ne pensez rien, jusqu'à ce que vous m'ayez entendue. Je vous connais, je sais que des questions ne vous arracheraient rien: je ne vous en ferai point. Je vois que vous avez de la répugnance à venir ici, de l'inquiétude et de l'impatience à y rester! Je ne vous retiendrai pas longtemps. Je crois deviner mais peu importe. Ce que je dirai sera vrai ou faux, vous ne répondrez pas, mais voilà ce que j'imagine, il faut que vous le sachiez pour comprendre ma situation et ma conduite. Vous êtes intimement lié avec madame de T, vous êtes entré chez elle tout à l'heure sans être annoncé, comme un habitué de la maison dans sa chambre car c'était sa chambre ou son boudoir, je n'ai pas bien regardé Vous l'aimez! car vous tremblez; oui, je sens trembler votre main qui repousse en vain la mienne. Elle vous aime peutêtre! Bah! il est impossible qu'elle ne vous aime pas! Que ce soit amour ou amitié, elle vous estime, elle vous écoute, elle vous croit! Vous lui avez parlé de moi; elle vous a consulté! Vous lui avez dit Mais non, vous ne lui avez pas dit de mal de moi, sa conduite me le prouve. Sa conduite envers moi est admirable, c'est dire que la vôtre entre elle et moi l'a été aussi Jacques, je vous remercie Je parle comme dans un rêve, et je comprends à mesure que je parle Mon premier mouvement, en vous voyant, a été la peur, châtiment d'une âme coupable! Mais mon second mouvement est celui de ma vraie nature, nature confiante et droite, que l'on a faussée et torturée. Aussi mon second mouvement est la confiance, la gratitude une gratitude enthousiaste! Jacques! vous êtes toujours le meilleur des hommes, et vous avez pour maîtresses la meilleure des femmes! Ce bonheur vous était dû; en homme généreux, vous avez voulu me donner du bonheur aussi, et, grâce à vous, cette femme est mon amie! Oh! que vous êtes grands tous les deux!»

Et, dans un élan irrésistible, Isidora pencha son visage baigné de larmes jusqu'à effleurer de ses lèvres tremblantes les mains du craintif jeune homme.

«Laissez, Madame, laissez, réponditil effrayé de l'émotion qui le gagnait et en faisant un effort pour s'éloigner d'elle, autant que le permettait la largeur du siège de marbre; vous êtes dangereuse jusque dans vos meilleurs mouvements, et je ne peux pas vous écouter sans frayeur. Vous êtes hardie et vous aimez à profaner, jusque dans vos élans d'amour pour les choses saintes. Otez de votre imagination audacieuse l'idée de cette liaison intime avec madame de T Sachez, en un mot, que je suis le précepteur de son fils, et, par conséquent, le commensal et l'habitué nécessaire de sa maison. Je venais lui parler de son enfant, quand je suis entré étourdiment dans son petit salon. Je ne me permets pas d'autres sentiment envers elle qu'un dévouement respectueux, et l'estime qu'on doit à une femme éminemment vertueuse: et, quant à celui qu'elle peut avoir pour moi, c'est la confiance en mes principes et la bonne opinion qu'une personne sensée doit avoir de l'homme à qui elle confie l'âme de son enfant. Quel démon vous pousse à bâtir un roman extravagant, impossible? Estce là le respect et l'amour que vous témoigniez tout à l'heure à madame de T par vos humbles caresses? A peine l'émotion que sa bonté vous cause estelle dissipée, que déjà vous l'assimilez à toutes les femmes que vous connaissez; apprenez à connaître, Madame, apprenez à respecter, si vous voulez apprendre à aimer.»

Sauf l'amour avoué, sauf le bonheur des deux amants, la pauvre Isidora, dans sa candeur cynique, avait deviné juste, et c'était en effet un bon mouvement qui l'avait poussée à penser tout haut; mais elle ne savait pas qu'en s'exprimant ainsi, elle mettait la main sur des plaies vives. L'indignation de Jacques lui fit un mal affreux, et la haine de la pudeur et de la vertu lui revint au coeur plus amère, plus douloureuse que jamais.

Quel langage! quelle colère et quel mépris! ditelle en se levant et en regardant Jacques avec un sombre dédain. Vous niez l'amour et vous exprimez un pareil respect! Le nom de votre idole vous paraît souillé dans ma bouche, et son image dans ma pensée! Vous n'êtes pas habile, Jacques; vous ne savez pas que les femmes comme moi sont impossibles à tromper sur ce point. Le respect, c'est l'amour! En vain vous faites une distinction affectée de ces deux mots: quiconque n'aime pas, méprise, quiconque aime vénère; il n'y a pas deux poids et deux mesures pour connaître le véritable amour. Moi aussi j'ai été aimée une fois dans ma vie; estce que vous l'avez oublié, Jacques? Et comment l'aije su? c'est parce qu'on ne le disait pas, c'est parce qu'on n'eût jamais osé me l'avouer, c'est enfin parce qu'on me respectait. Et cela se passait ici, il y a trois ans; c'est ici que, sur ce banc, osant à peine effleurer mon vêtement, et frémissant de crainte quand, en touchant ces fleurs, votre main rencontrait la mienne, vous seriez mort plutôt que de vous déclarer, vous seriez devenu fou plutôt que de vous avouer à vousmême que vous m'aimiez Mais voilà que vous êtes devenu un homme civilisé à mon égard, c'estàdire que vous me méprisez, et que vous exaltez devant moi une autre femme! C'est tout simple, Jacques, c'est tout simple, vous ne m'aimez plus et vous l'aimez.. Je m'en doutais, je le sais à présent. En vérité, Jacques, vous êtes bien maladroit, et le secret d'une femme vertueuse, comme vous dites, est en grand danger dans vos mains.

Estce là tout ce que vous aviez à me dire? reprit Jacques irrité, en se levant à son tour. Je croyais bénir le jour où je vous retrouverais digne d'une noble et fidèle amitié; mais je vois bien que Julie est morte, en effet, comme vous le disiez tout à l'heure, et qu'il ne me reste plus qu'à pleurer sur elle.

Ah! malheureux, ne blasphème pas! s'écriatelle en se tordant les mains; que ne peuxtu dire la vérité? pourquoi Julie n'estelle pas morte et ensevelie à jamais au fond de ton coeur et du mien? mais l'infortunée ne peut pas mourir. Cette âme pure et généreuse s'agite toujours dans le sein meurtri et souillé d'Isidora; elle s'y agite en vain, personne ne veut lui rendre la vie; elle ne peut ni vivre ni mourir. Vraiment je suis un tombeau où l'on a enfermé une personne vivante. Ah! philosophe sans intelligence et sans entrailles, tu ne comprends rien à un pareil supplice, et cette agonie te fait sourire de pitié. Sois maudit, toi que j'ai tant aimé, toi que seul parmi tous les hommes, je croyais capable d'un grand amour! puissestu être puni du même supplice! puissestu te survivre à toimême et conserver le désir du bien, après avoir perdu la foi!

Son voile noir était tombé sur ses épaules, et sa longue chevelure, déroulée par l'humidité de la nuit, flottait éparse sur sa poitrine agitée. La lune, en frappant sur le vitrage de la serre, semait sur elle de pâles clartés dont le reflet bleuâtre la faisait paraître plus belle et plus effrayante. Elle ressemblait à lady Macbeth évoquant dans ses malédictions et dans ses terreurs les esprits malfaisants de la nuit.

Le coeur de Jacques se rouvrit à la pitié et à une sorte d'admiration pour ce principe d'amour et de grandeur qu'une vie funeste n'avait pu étouffer en elle; une âme vulgaire ne pouvait pas souffrir ainsi.

«Julie, lui ditil, en lui prenant le bras avec énergie, reviens donc à toimême; s'il ne faut pour cela que rencontrer un coeur ami, ne l'astu pas trouvé aujourd'hui? N'étaistu pas tout à l'heure affectueusement pressée dans les bras d'un être généreux, excellent entre tous? Cette femme qui, en dépit des préjugés du monde, t'a nommée sa soeur et t'a promis de venir ici pour te consoler et te bénir, n'estce donc pas un secours que le ciel t'envoie? n'estce donc pas un messager de consolation qui doit briser la pierre de ton cercueil? Ta fierté implacable, qui repoussait jadis le pardon de l'amour, refuseratelle la nouvelle alliance de l'amitié? Ne m'attribuez pas les généreux mouvements de cette noble femme. Son coeur n'a pas besoin d'enseignement; mais sachez bien que si elle en avait besoin, et si j'avais sur elle l'influence qu'il vous a plu tout à l'heure de m'attribuer, je voudrais que vous dussiez le repos de votre conscience et la guérison de vos blessures à cette main de femme, plutôt qu'à celle d'aucun homme.»

L'exaspération d'Isidora était déjà tombée, comme le vent capricieux de l'orage lorsqu'il s'abat sur les plantes et semble s'endormir en touchant la terre. Mobile comme l'atmosphère, en effet, elle écoutait Jacques d'un air moitié soumis, moitié incrédule.

Tu as peutêtre raison, ditelle, peutêtre! Je n'en sais rien encore, j'ai besoin de me recueillir, de m'interroger. Je suis partagée entre deux élans contraires: l'un, qui me pousse aux genoux de cette femme au front d'ange, l'autre, qui me fait haïr et craindre la protection de cette dame à la voix de sirène. Une dévote, peutêtre! qui veut me mener à l'église et me présenter au monde des sacristies, comme un trophée de sa béate victoire. Ah! que saisje? En Italie aussi, des femmes de qualité ont voulu me convertir. Elles m'appelaient dans leur oratoire, et m'eussent chassée de leur salon. Faudraitil passer par le confessionnal et la communion pour entrer chez ma bellesoeur? Ah! jamais! jamais de bassesse! de l'insolence, de la haine, des outrages, je le veux bien, mais de l'hypocrisie et de la honte, jamais!

Et vous avez raison, reprit Jacques; à ces craintes, je vois que vous êtes toujours injuste; mais, à ces résistances, je vois que vous avez la vraie fierté. Mais me croyezvous donc enrôlé parmi les jésuites de salons, que vous me supposez capable de vous engager dans de si lâches intrigues? sachez que madame de T n'est pas dévote.

«Pardonnezmoi tout ce que je dis, Jacques, vous voyez bien que je n'ai pas ma tête. Ma pauvre tête que, ce matin, je croyais si forte et si froide, elle a été brisée, ce soir, par trop d'émotions. Cette femme m'a enivrée avec sa bonté et ses caresses, et toi, tu m'as tuée avec ta figure douce et tes blonds cheveux, m'apparaissant tout à coup comme le spectre du passé devant cette porte, dans ce lieu fatal où je t'ai vu pour ne jamais t'oublier. Ah! que je t'ai aimé, Jacques! Tu ne l'as jamais su, et tu as pu ne pas le croire. Ma conduite avec toi t'a paru odieuse. Elle était sage, elle était dévouée; je sentais que je n'étais pas digne de toi, que tu ne pourrais jamais oublier ma vie, qu'en devenant passionné tu allais devenir le plus malheureux des hommes. Je n'ai pas voulu changer en une vie de larmes ce souvenir d'une nuit de délices. Et, qu'estce que je dis? ce n'est pas cette nuitlà que je me suis rappelée avec le plus de bonheur et de regrets. C'est ce premier amour enthousiaste et timide que tu avais pour moi lorsque tu ne me connaissais que sous le nom de Julie, lorsque tu me croyais une femme pure, lorsque tu venais ici tout tremblant, et que, n'osant me parler de ton amour, tu me parlais de mes camélias. Ah! ne m'ôte pas ce souvenir, Jacques, et quelque coupable que tu m'aies jugée depuis, quelque insensée que je te paraisse encore, ne me reprends pas le passé, ne me dis pas que tu n'as pas senti pour moi un véritable amour; c'est le seul amour de ma vie, voistu, c'est mon rêve, c'est mon roman de jeune fille, commencé à trente ans, fini en moins de deux semaines! fini! oh non! ce rêve ne m'a jamais quittée. Il ne finira qu'avec ma vie; je n'ai aimé qu'une fois, je n'ai aimé qu'un seul homme, et cet homme c'est toi, Jacques: ne le savaistu point, ne le voistu pas? Je t'ai emporté dans le secret de mon coeur, et je t'y ai gardé comme mon unique trésor. Depuis trois ans, il ne s'est pas passé un jour, une heure, où je n'aie été plongée dans le ravissement de mon souvenir. C'est là ce qui m'a fait vivre, c'est là ce qui m'a donné la force d'être irréprochable dans mes actions depuis trois ans, comme j'étais irréprochable dans mes pensées. Je voulais me purifier par une vie régulière, par des habitudes de fidélité. J'ai essayé d'aimer Félix de S comme on aime un mari quand on n'a pas d'amour pour lui et qu'on respecte son honneur. Et lui, le crédule jeune homme, s'est cru aimé du jour où j'ai eu une véritable passion dans l'âme pour un autre. Mais il a eu raison de m'estimer et de me respecter au point de vouloir me donner son nom. Ne lui avaisje pas sacrifié la satisfaction du seul amour que j'aie véritablement senti? Aussi, quand j'ai accepté ce nom et cette formalité significative du mariage, j'ai songé à toi, Jacques, je me suis dit: Si Félix revient à la vie, du moins Jacques saura que j'ai mérité d'être réhabilitée; s'il succombe, Jacques me reverra purifiée, ce ne sera plus une courtisane qu'il pressera en frissonnant contre sa poitrine, ce sera la comtesse de S, la veuve d'un honnête homme, une femme indépendante de tout lien honteux, une maîtresse fidèle, éprouvée par trois ans d'absence et libre de se donner après un combat de trois ans contre les hommes et contre luimême Oh! Jacques, c'est ainsi que je t'ai aimé, et je reviens ici, je me berce depuis vingtquatre heures des plus doux rêves. Je caresse mille projets, je m'endors dans les délices de mon imagination en attendant que je fasse des démarches pour te chercher et te retrouver; et tout à coup le roman infernal de ma destinée s'accomplit: tu parais devant moi, tu sembles sortir de terre, juste à l'endroit où je t'ai vu pour la première fois! Je t'enlève, je t'entraîne ici, parmi ces fleurs, où pour la première fois tu m'as parlé Nous sommes seuls je suis encore belle je t'aime avec passion et toi tu ne m'aimes plus! oh! c'est horrible, et voilà toute ma vie expiée dans ce seul instant.»

La pâle traduction que nous venons de donner des paroles d'Isidora ne saurait donner une idée de son éloquence naturelle. Ce don de la parole, quelques femmes, même les femmes vulgaires en apparence, le possèdent à un degré remarquable et l'exercent jusque sur des sujets frivoles. La profession d'avocat conviendrait merveilleusement à certaines femmes du peuple que vous avez dû rencontrer aussi bien que moi, et sur les lèvres desquelles le discours venait de luimême s'arranger à propos du moindre objet de négoce ou du moindre récit de l'événement du quartier. Les Parisiennes ont particulièrement cette faculté oratoire, cette propension à énoncer leur pensée sous des formes pittoresques ou littéraires et avec une pantomime animée, gracieuse ou plaisante, minaudière ou passionnée, emphatique ou naïve. Isidora était une de ces enfants du peuple de Paris, une de ces mobiles et saisissantes imaginations qui se répandent en expressions aussi vite qu'elles s'impressionnent. Elle avait donné à son propre esprit, par la lecture et le spectacle des arts, une éducation recherchée, brillante et presque solide, dans les loisirs de la richesse; et l'élocution facile qu'elle avait eue pour la répartie mutine et l'apostrophe mordante, elle l'avait conservée, pour l'analyse de ses sentiments et le récit de ses émotions passionnées. Jacques avait déjà été frappé de cette éloquence féminine, déjà il en avait subi diversement l'influence, lorsqu'elle avait été tour à tour la divine Julie et l'audacieux domino de l'Opéra. Il se sentit de nouveau sous le charme, et ce ne fut pas sans une terreur mêlée de plaisir. Il ne se piquait pas d'être un stoïque, et son amour pour Alice n'ayant jamais reçu d'encouragement, n'ayant pu nourrir aucune espérance, n'était pas un préservatif à l'épreuve du feu d'une passion expansive et provocante comme l'était celle d'Isidora. Nous essaierions en vain de faire deviner l'expression de sa physionomie si calme et si hautaine à l'habitude, si puissante de persuasion lorsqu'elle révélait tout à coup des orages cachés; ni les accents de sa voix éteinte dans les discours sans intérêt, flexible, saccadée, pénétrante, déchirante dans l'abandon du désespoir et de l'amour. Jacques sentit qu'il tremblait, qu'il avait alternativement chaud et froid, qu'il retombait sous l'empire de la fascination, et Isidora qui, par instants, jetait ses bras autour de lui avec ivresse et les retirait avec crainte, sentit, elle aussi, que Jacques perdait la tête.

Et pourtant, hélas! tout ce qu'elle venait de lui dire étaitil bien vrai? Sincère, oui; mais véridique, non. Qu'elle crût, dans cet instant, ne rien raconter que d'historique dans sa vie, et que dans sa vie il y eût, depuis trois ans, beaucoup de rêveries, de regrets et d'élans vers ce pur amour de Jacques, unique, en effet, dans ses souvenirs, par sa nature confiante et naïve, rien de plus certain; qu'elle eût été fidèle au comte de S, quelle eût désiré se réhabiliter par le mariage, par besoin d'honneur plus que par désir d'une fortune assurée, cela était encore vrai; mais qu'elle ne se fût pas laissé distraire un seul instant de la passion de Jacques par les jouissances du faste, qu'elle l'eût quitté dans le seul dessein de ne pas le rendre malheureux, plutôt que pour n'être pas honteusement délaissée par Félix; qu'enfin, elle n'eût songé qu'à Jacques en se faisant épouser, et que l'amour des richesses certaines n'eût pas été mêlé, à l'insu d'ellemême, au désir ambitieux d'un titre et d'une vaine considération; voilà ce qui n'était qu'à moitié vrai. Il ne faut pas oublier qu'il y avait une bonne et une mauvaise puissance, agissant, à forces égales, sur l'âme naturellement grande mais fatalement corrompue de cette femme. En revoyant Jacques, elle retrouva toute la poétique et brûlante énergie du roman qu'elle avait caressé en secret dans sa pensée depuis trois ans; secret tour à tour douloureux et charmant, selon la disposition de son âme impressionnable et changeante, et qui l'avait aidée, en effet, à vivre sagement, mais qui n'eût pas été suffisant pour une telle réforme de conduite, sans l'espérance et la volonté de dominer et de soumettre le comte de S Alors elle se plut à s'expliquer à ellemême sa propre vie par ce miracle de l'amour, qui lui plaisait davantage, parce qu'en effet il était davantage dans ses bons instincts; et l'imagination, cette maîtresse toutepuissante de son cerveau, qui lui tenait lieu du coeur éteint et des sens blasés, déploya ses ailes pour l'emporter loin du domaine de la réalité. Jacques, entraîné dans son tourbillon, perdait pied et se sentait comme soulevé par l'ouragan dans ce monde rempli de fantômes et d'abîmes.

Cette Isidora si séduisante, si belle et si violemment éprise de lui, n'était elle pas la même femme qu'il avait aimée avec enthousiasme, puis avec délire, puis enfin avec de profonds déchirements de coeur, longtemps encore après avoir été brusquement séparé d'elle? Nous n'oserions pas dire que six mois encore avant cette nouvelle rencontre, Jacques, au moment d'aimer Alice, qu'il connaissait à peine, n'eût pas éprouvé d'énergiques retours de l'ancienne et unique passion. C'était bien plutôt lui qui eût pu, s'il eût été disposé à se vanter de sa fidélité, raconter à Isidora qu'il avait langui et souffert pour elle durant presque toute cette absence, et ce roman de son coeur eut été beaucoup plus authentique que celui qu'elle venait de faire sortir de son propre cerveau.

Pourtant je ne sais quel doute obstiné se mêlait à l'ivresse croissante de Jacques. Tout était vrai dans l'expression d'Isidora; sa voix sonore, son regard humide, son sein agité; mais son exaltation, pour être sentie, n'en était pas moins appliquée à une assertion peu vraisemblable, et la sagesse, la modestie du jeune homme, se débattaient encore contre les séductions d'un genre de flatterie où les femmes sont toutespuissantes. son humble fortune, son nom ignoré, son extérieur timide, rien en lui ne pouvait tenter la cupidité ou la vanité d'une telle femme. Et puis, s'il est vrai que les femmes sont crédules aux doux mensonges de l'amour, il faut bien avouer que, par nature et par position, les hommes le sont bien davantage.

La lutte était engagée. Isidora voulait ardemment la victoire, non qu'elle eut conservé les moeurs de la galanterie. Il n'est rien de plus froid à cet égard que la femme qui a abusé de la liberté, rien de plus chaste, peutêtre, que celle qui rougit d'avoir mal vécu. Mais il y a dans ces âmeslà, et il y avait dans la sienne en particulier, un insatiable orgueil. Elle ne pouvait se résoudre à perdre Jacques malgré elle, elle qui avait eu la force de le quitter. Le danger d'échouer, l'étonnement de sa résistance, étaient des stimulants à cette passion moitié sentie, moitié factice. Dans l'excitation nerveuse qu'elle éprouvait, elle pouvait, sans efforts et sans fausseté, parcourir tous les tons, et s'identifier, à la manière des grands artistes, avec toutes les nuances de son improvisation brûlante. Elle frappa le dernier coup en s'humiliant devant Jacques: «Ne me hais pas; oh! je t'en prie, ne me hais pas! lui ditelle en courbant presque sur son sein les flots de sa noire chevelure. Ne crois pas que je sois indigne de ta pitié. Vois où l'amour m'a réduite! moi qui la repoussais si fièrement autrefois, quand tu me l'offrais, cette pitié sainte, je te la demande aujourd'hui. Je te la demande au nom de cette femme que j'ai calomniée tout à l'heure, si c'est calomnier le plus pur des anges de supposer qu'il t'aime. Mais si ta modestie farouche repousse cette idée comme un crime, je la rétracte et je désavoue les paroles que la jalousie m'a arrachées. Oui, la jalousie, je le confesse. Cette femme que j'adorais, que j'adore toujours dans sa bonté simple et courageuse, j'étais au moment de la haïr en songeant Mais je ne veux même pas répéter les mots qui t'offensent. Sois sûr que le bon principe est assez fort en moi pour triompher, et qu'il triomphe déjà. J'étoufferai, s'il le faut, l'amour qui me dévore, pour rester digne de l'amitié qu'elle m'offre. Eusséje encore d'insolents soupçons, je les refoulerai dans mon sein, je la respecterai comme tu la respectes. Serastu content, Jacques, et croirastu que je t'aime?»

Jacques vit à ses pieds l'orgueilleuse Isidora, et soit que l'homme devienne plus faible que la femme quand il s'agit de donner le change à un véritable amour, soit qu'à bout de souffrance dans ses désirs ignorés pour Alice, il espérât guérir un mal inutile et funeste en s'enivrant de voluptés puissantes, il chercha l'oubli du présent dans le délire du passé.

Isidora eût souhaité des émotions plus douces et plus profondes. Ce ne ne fut pas sans douleur et sans effroi qu'elle accepta son facile triomphe. Elle fut sur le point de le repousser en échange d'un mot et d'un regard adressés à la Julie d'autrefois. Elle arracha bien a son amant ce doux nom qui, pour elle, résumait tout son rêve de bonheur; mais la familiarité d'un amour accepté lui ôta tout son prestige. Elle se livra sans confiance et sans transport, à travers des larmes amères qu'elle interpréta comme des larmes de joie; mais elle sentit avec un affreux désespoir qu'elle mentait et qu'elle n'avait pas de plus noble plaisir que celui de rendre Jacques infidèle à une femme austère et plus désirable qu'elle.

Car elle devina tout en sentant battre contre son coeur ce coeur rempli d'une autre affection, et bientôt elle éprouva l'invincible besoin de pleurer seule et de constater que sa victoire était la plus horrible défaite de sa vie, «Vat'en, ditelle à Jacques lorsque minuit sonna dans le lointain. Tu ne m'aimes plus, ou tu ne m'aimes pas encore. Un abîme s'est creusé entre nous. Mais je le comblerai peutêtre, Jacques, à force de repentir et de dévouement.»

Elle s'était montrée douce et résignée malgré son angoisse. Jacques ne sentait encore que de l'attendrissement et de la reconnaissance. Il essaya de ramener la paix dans son âme en lui parlant de l'avenir et des affections durables. Mais, lui aussi, il sentit tout à coup qu'il mentait. La peur et les remords le saisirent, et la parole expira sur ses lèvres. Isidora avait été vingt fois sur le point de lui dire: «Taistoi, ceci est un sermon!» Mais elle se contint, soit par stoïcisme, soit par découragement, et elle trouva des prétextes pour se séparer de lui sans lui dévoiler, comme autrefois, la profonde et altière douleur de son âme impuissante et inassouvie.

Jacques, confus et tremblant, rentra dans le jardin de l'hôtel de T.., comme un larron qui voudrait se cacher de luimême. Il referma, sans bruit, la petite porte et jeta un regard craintif sur l'allée déserte et les massifs silencieux.

Les volets du rezdechaussée, habité par Alice, étaient fermés, nulle trace de lumière, aucun bruit à l'extérieur. Sans doute elle était couchée.

«Ah! repose en paix, âme tranquille et sainte, pensatil en approchant de ces fenêtres sans reflets et de cette façade morne d'une maison endormie sous le froid et fixe regard de la lune. Dors la nuit, et que tes jours s'envolent en sereines rêveries. Que l'orage, que la honte, que les luttes vaines et coupables, que les inutiles désirs et les remèdes empoisonnés, que la douleur et le mal soient pour moi seul! Maintenant me voilà condamné par ma conscience à me taire éternellement, et je ne pourrai plus même maudire ma timidité!»

Il fallait traverser l'antichambre de madame de T pour rentrer dans la maison. Et qu'allait devenir Jacques si cette porte était fermée! Mais à peine l'eutil touchée, que SaintJean vint la lui ouvrir.

«Ne faites pas de bruit, monsieur Laurent, madame est retirée,» lui dit le bonhomme qui l'avait attendu sur ce banc classique en velours d'Utrecht, où les serviteurs du riche, victimes de ses caprices ou de ses habitudes, perdent de si longues heures entre un mauvais sommeil ou une oisiveté d'esprit plus mauvaise encore. Jacques lui exprima ses regrets de l'avoir fait veiller. «Pardi, Monsieur, dit le bonhomme avec un sourire moitié bienveillant, moitié goguenard, il le fallait bien, à moins de vous faire coucher à la belle étoile, ou à l'hôtel de S! Rendezmoi ma clef? Eh! eh! vous l'emportez par mégarde!»

Jacques avait été mis, dans l'aprèsdînée, en possession de la chambre qu'il devait occuper désormais à l'hôtel de T Ce n'était pas son ancienne mansarde; c'était un petit appartement beaucoup plus confortable, situé au second, mais ayant vue aussi sur le jardin. En examinant ce local, Jacques fut frappé du goût et de la grâce aimable avec lesquels il avait été décoré. Tout était simple; mais, par un étrange hasard, il semblait que la personne chargée de ce soin eût deviné ses goûts, ses paisibles habitudes de travail, le choix des livres qui pouvaient le charmer, et jusqu'aux couleurs de teinture qu'il aimait. La pensée ne lui vint pourtant pas que madame de T eût daigné s'occuper ellemême de ces détails. Dans les commencements de son séjour à la campagne il avait été l'objet des attentions les plus délicates et les plus affectueuses dans ce qui concernait les douceurs de son installation. Mais depuis qu'Alice, préoccupée d'une pensée grave qu'il ne devinait pas, semblait s'être refroidie pour lui, il ne se flattait plus de lui inspirer ces prévenantes bontés. Agité et craignant de réfléchir, il se jeta sur son lit, espérant trouver dans le sommeil l'oubli momentané de la tristesse invincible qui le gagnait.

Mais il n'eut qu'un sommeil entrecoupé et des rêves insensés. Il pressait Alice dans ses bras, et tout à coup, son visage divin devenant le visage désolé d'Isidora, ses caresses se changeaient en malédictions, et la courtisane étranglait sous ses yeux la femme adorée.

Obsédé de ces folles visions, il se leva et s'approcha de sa fenêtre. Les menaces d'orage s'étaient dissipées: il n'y avait plus au firmament qu'une vague blancheur, des nuées transparentes, floconneuses, et l'argent mat du clair de la lune sur un fond de moire. Laurent jeta les yeux sur ce jardin funeste qui ne lui rappelait que des regrets ou des remords. Mais bientôt son attention fut fixée sur un objet inexplicable. Tout au fond du jardin, sur une espèce de terrasse relevée de trois gradins de pierre blanche, et fermée de grands murs, marchait lentement une forme noire qu'il lui était impossible de distinguer, mais dont le mouvement régulier et impassible pouvait être comparé à celui d'un pendule. Qui donc pouvait ainsi veiller dans la solitude et le silence de la nuit? D'abord un soupçon terrible, une âcre jalousie, s'empara du cerveau affaibli de Jacques. Comme s'il avait eu, lui, le droit d'être jaloux! Alice attendaitelle quelqu'un à cette heure solennelle et mystérieuse? Mais étaitce bien Alice? Isidora aussi portait un vêtement de deuil. Auraitelle eu la fantaisie de venir rêver dans ce jardin plutôt que dans le sien? elle pouvait en avoir conservé une clef. Mais comment expliquer le choix de cette promenade? D'ailleurs Alice était mince, et il lui semblait voir une forme élancée.

Une demiheure s'écoula ainsi. L'ombre paraissait infatigable, et elle était bien seule. Elle disparaissait derrière de grands vases de fleurs et quelques touffes de rosiers disposés sur le rebord de la terrasse. Puis elle se montrait toujours aux mêmes endroits découverts, suivant la même ligne, et avec tant d'uniformité, qu'on eût pu compter par minutes et secondes les ailées et venues de son invariable exercice. Elle marchait lentement, ne s'arrêtait jamais, et paraissait bien plutôt plongée dans le recueillement d'une longue méditation qu'agitée par l'attente d'un rendezvous quelconque.

Jacques fatigua son esprit et ses yeux à la suivre, jusqu'à ce que, cédant à la lassitude, et voulant se persuader que ce pouvait être la femme de chambre de madame de T, attendant quelque amant pour son propre compte, il alla se recoucher. Après deux heures de cauchemar et de malaise, il retourna à la fenêtre. L'ombre marchait toujours. Étaitce une hallucination? Cela faisait croire à quelque chose de surnaturel. Un spectre ou un automate pouvaient seuls errer ainsi pendant de si longues heures sans se lasser. Où un être humain eûtil pris tant de persévérance et d'insensibilité physique? L'horizon blanchissait, l'air devenait froid, et les feuilles se dilataient à l'approche de la rosée. «Je resterai là, se dit Jacques, jusqu'à ce que la vision s'évanouisse ou jusqu'à ce que cette femme quitte le théâtre de sa promenade obstinée. A moins de passer pardessus le mur, il faudra bien qu'elle se rapproche, que je la voie ou que je la devine.»

Cette curiosité, mêlée d'angoisse, fit diversion à ses maux réels. Caché derrière la mousseline du rideau collé à ses vitres, il s'obstina à son tour à regarder, jusqu'à ce que le jour, s'épurant peu à peu, lui permit de reconnaître Alice. A n'en pouvoir douter, c'était elle qui, depuis une heure du matin jusqu'à quatre, avait ainsi marché sans relâche, sans distraction, et sans qu'aucune impression extérieure eût pu la déranger du problème intérieur qu'elle semblait occupée à résoudre. A mesure que le jour net et transparent qui précède le lever du soleil lui permettait de discerner les objets, Jacques voyait son attitude, sa démarche, les détails de son vêtement. Rien en elle n'annonçait le désordre de l'âme. Elle avait la même toilette de deuil qu'il lui avait vue la veille; elle n'avait pas songé à mettre un châle: elle avait la tête nue. Ses cheveux bruns, séparés sur son beau front, ne paraissaient pas avoir été déroulés pour une tentative de sommeil. Son pas était encore ferme quoique un peu ralenti, ses bras croisés sur sa poitrine sans raideur et sans contraction violente. Enfin, lorsque le premier rayon du soleil vint dorer les plus hautes branches, elle s'arrêta au milieu de la terrasse et parut regarder attentivement la façade de la maison. Puis elle descendit les trois degrés et se dirigea vers la porte du petit salon d'été, sans avoir aperçu Jacques qui se cachait soigneusement. Lorsqu'elle fut assez près de la maison pour qu'il pût distinguer sa physionomie, il remarqua avec étonnement qu'elle était calme, pâle, il est vrai, comme l'aube, mais aussi sereine, et à peine altérée par la fatigue d'une si solennelle et si étrange veillée. Et, cependant, que n'avaitil pas fallu souffrir pour remporter une telle victoire sur soimême «Oh! quelle femme êtesvous donc? s'écria Jacques intérieurement, quand il lui eut entendu doucement refermer la porte vitrée de son boudoir; quelle énigme vivante, quelle âme céleste nourrie des plus hautes contemplations, ou quel coeur à jamais brisé par un morne désespoir? Vous n'aimez pas, non, vous n'aimez pas, car vous semblez ne pouvoir pas souffrir; mais vous avez aimé, et vous vivez peutêtre d'un souvenir du mort!» Et Jacques ne se doutait pas que ce mort c'était lui.

«J'ai aimé!» pensait Alice en se déshabillant avec lenteur et en s'étendant sur sa couche chaste et sombre.

Jacques fut bien abattu et bien préoccupé durant la leçon du matin qu'il donnait ordinairement avec tant de zèle et d'amour au fils d'Alice. Il s'en fit, des reproches. Nos fautes ont ainsi toutes sortes de retentissements imprévus, petits ou grands, mais qui en raniment l'amertume par mille endroits.

A la campagne, Alice avait l'habitude de venir toujours, vers la fin de la leçon, écouter le résumé du précepteur ou de l'enfant. Jacques se dit que toute cette vie allait changer à Paris, et qu'il ne verrait peutêtre pas Alice de la journée. On lui monta son déjeuner dans sa chambre, et le vieux serviteur lui dit que madame avait commandé que son couvert fût mis tous les jours à sa table à l'heure du dîner. Jacques attendit cette heure avec anxiété. Mais il dîna têteàtête avec son élève.

«Madame a la migraine, dit le bonhomme SaintJean, une forte migraine, à ce qui parait; elle n'a rien pris de la journée.»

Et il secoua la tête d'un air chagrin.

Nous laisserons Jacques Laurent à ses anxiétés, et nous rendrons compte au lecteur de la journée d'Alice.

Après quelques heures d'un sommeil calme, elle s'habilla avec le même soin qu'à l'ordinaire, et se fit apporter la clef de la petite porte du jardin. «Je la laisserai dans la serrure, ditelle à SaintJean, et vous ne l'ôterez jamais.» Puis elle se dirigea avec une lenteur tranquille vers le jardin d'Isidora, et elle alla s'asseoir dans la serre, où elle voulut rester seule quelques instants avant de la faire avertir. Il y avait là quelque désordre, un coussin de velours tombé dans le sable, quelques belles fleurs brisées autour de la fontaine. Alice eut un frisson glacé; mais aucun soupir ne trahit, même dans la solitude, l'émotion de son âme profonde.

Elle allait sa diriger enfin vers le pavillon, lorsque Isidora parut devant elle, en robe blanche sous une légère mante noire. Isidora était fière de porter en public ce deuil qui la faisait épouse et veuve; mais elle haïssait cette sombre couleur et ce souvenir de mort. N'attendant pas si tôt la visite de sa bellesoeur, elle cachait à peine sous sa mante cette toilette du matin, molle et fraîche, dans laquelle elle se sentait renaître. Pourtant le visage de la superbe fille était fort altéré. Sa beauté n'en souffrait pas; elle y gagnait peutêtre en expression; mais il était facile de voir à son oeil plombé et à sa riche chevelure à peine nouée, qu'elle avait peu dormi et qu'elle avait eu hâte de se retremper dans l'air du matin. Il était à peine neuf heures.

Elle fit un léger cri de surprise, puis, comme charmée, elle s'élança vers Alice; mais, dans son rapide regard, je ne sais quelle farouche inquiétude se trahit en chemin.

Alice, clairvoyante et forte, lui sourit sans effort et lui lendit une main qu'Isidora porta à ses lèvres avec un mouvement convulsif de reconnaissance, mais sans pouvoir détacher son oeil, noir et craintif comme celui d'une gazelle, du placide regard d'Alice. Alice était bien pâle aussi; mais si paisible et si souriante, qu'on eût dit qu'elle était l'amante victorieuse en face de l'amante trahie.

«Elle ne se doute de rien!» pensa l'autre; et elle reprit son aplomb, d'autant plus qu'Alice ne parut pas faire la moindre attention à son joli peignoir de mousseline blanche.

Vous ne m'attendiez pas si matin, lui dit madame de T; mais vous m'aviez dit que vous défendriez votre porte et que vous ne sortiriez pas tant que je ne serais pas venue; je n'ai pas voulu vous condamner à une longue réclusion, et, en attendant voire réveil, je prenais plaisir à faire connaissance avec vos belles fleurs.

Mes plus belles fleurs sont sans parfum et sans pureté auprès de vous, répondit Isidora, et ne prenez pas ceci pour une métaphore apportée de l'Italie, la terre classique des rébus. Je pense naïvement ce que je vous dis d'une façon ridicule; c'est assez le caractère de l'enthousiasme italien. Il paraît exagéré à force d'être sincère. Ah! Madame, que vous êtes belle au jour, que votre air de bonté me pénètre, et que votre manière d'être avec moi me rend heureuse! Vous ne partagez donc pas l'animosité de votre famille contre moi? Vous n'avez donc pas le sot et féroce orgueil des femmes du grand monde?

Ne parlons ni de ma famille, ni des femmes du monde: vous ne les connaissez pas encore, et peutêtre n'aurezvous pas tant à vous en plaindre que vous le croyez. Que vous importe, d'ailleurs, l'opinion de ceux qui, de leur côté, vous jugeraient ainsi sans vous connaître? Oubliez un peu tout ce qui se meut eu dehors de votre véritable vie, comme je l'oublie, moi aussi; même quand je suis forcée de le traverser. Pensez un peu à moi, et laissezmoi ne penser qu'à vous. Ditesmoi, croyezvous que vous pourrez m'aimer?

Cette question était faite avec une sorte de sévérité où la franchise impérieuse se mêlait à la cordiale bienveillance. Isidora essaya de se récrier sur la cruauté d'un tel doute; mais le regard ferme et bon d'Alice semblait lui dire: Pas de phrase je mérite mieux de vous. Et Isidora, sentant tout à coup le poids de cette âme supérieure tomber sur la sienne, fut saisie d'un malaise qui ressemblait à la peur.

Cette peur devint de l'épouvante lorsque Alice ajouta, en retenant fortement sa main dans la sienne: «Répondezmoi, répondezmoi donc hardiment, Julie!»

Julie? s'écria la courtisane hors d'ellemême. Quel nom me donnezvous là?

Permettezmoi de vous le donner toujours, reprit Alice avec une grande douceur; un de nos amis communs vous a connue sous ce nom, qui est sans doute le véritable, et qui m'est plus doux à prononcer.

C'est mon nom de baptême, en effet, dit Isidora avec un triste sourire; mais je n'ai pas voulu le porter après que j'ai eu quitté ma famille et mon humble condition. C'est mon nom d'ouvrière, car vous savez que j'étais une pauvre enfant du peuple.

C'est votre titre de noblesse à mes yeux.

Vraiment?

Vraiment oui! Ne croyez donc pas que les idées ne pénètrent pas jusque dans les têtes coiffées en naissant d'un hochet blasonné. Ne soyez pas plus fière que moi; nommezmoi Alice, et reprenez pour moi votre nom de Julie.

Ah! il me rappelle tant de choses douces et cruelles! ma jeunesse, mon ignorance, mes illusions, tout ce que j'ai perdu! Oui, donnezlemoi, ce cher nom, pour que j'oublie tout ce qui s'est passé pendant que je m'appelais Isidora Car celuilà vous fait mal aussi à prononcer, n'estce pas? Et en disant ces derniers mots, Isidora regarda à son tour Alice avec une sincérité impérative.

Alice éleva sa belle main délicate, et la posant sur le front de la courtisane: «Je vous jure, par votre rare intelligence, lui ditelle, que si votre coeur est aussi bon que votre beauté est puissante, quoi qu'il y ait eu dans votre vie, je ne veux ni le savoir, ni le juger. Que de vous à moi, ce qui peut vous faire souffrir dans le passé soit comme s'il n'avait jamais existé. Si vous êtes grande, généreuse et sincère, Dieu a dû vous absoudre, et aucune de ses créatures n'a le droit de trouver Dieu trop indulgent. Répondezmoi donc, car je ne vous demande pas autre chose. Votre coeur estil bien vivant? Êtesvous bien capable d'aimer? Car si cela est, vous valez tout autant devant Dieu que moi qui vous interroge.»

Isidora, entièrement vaincue par l'ascendant de la justice et de la bonté, mit ses deux mains sur son visage et garda le silence. Son enthousiasme d'habitude avait fait place à un attendrissement profond, mais douloureux il lui fallait bien aimer Alice, et elle sentait qu'elle l'aimait plus encore que durant l'accès d'exaltation qu'elle avait éprouvé la veille en recevant les premières ouvertures de son amitié.

Mais le fantôme de Jacques Laurent avait passé entre elles deux, et il y avait eu de la haine mêlée à ce premier élan de son coeur vers une rivale. Maintenant le respect brisait la jalousie. L'orgueil abattu ne trouvait plus d'ivresse dans la reconnaissance. Alice n'était plus là comme une fée qui l'enlevait à la terre, mais comme une soeur de la Charité qui sondait ses plaies. La fière malade ne pouvait repousser cette main généreuse; mais elle avait honte d'avouer qu'elle avait plus besoin de secours et de pardon que de justice.

Alice écarta avec une sorte d'autorité les mains de la courtisane et vit la confusion sur ce front que les outrages réunis de tous les hommes n'eussent pas pu faire rougir.

«Eh bien, lui ditelle, si vous n'êtes pas sûre de vousmême, attendez pour me répondre. J'aurai du courage et je ne me rebuterai pas.»

Je ne venais pas pour vous imposer la confiance et l'amitié. Je venais vous les offrir et vous les demander.

Et moi, je vous donne toute mon âme, lui répondit enfin Isidora en dévorant des larmes brûlantes.

Ne sentezvous pas que vous me dominez et que ma foi vous appartient?

Mais ne voyezvous pas aussi que je ne suis pas aussi bien avec Dieu et avec moimême que vous l'espériez? Ne voyezvous pas que j'ai honte de faire un pareil aveu? Ne soyez pas cruelle, et n'abusez pas de votre ascendant, car je ne sais pas si je pourrai le subir longtemps sans me révolter. Ah! je suis une âme malheureuse, j'ai besoin de pitié à cause de ce que je souffre; mais la pitié m'humilie, et je ne peux pas l'accepter!

De la pitié! Dieu seul a le droit de l'exercer; mais les hommes! Oh! Vous avez raison de repousser la pitié de ces êtres qui en ont tous besoin pour euxmêmes. J'en serais bien digne, chère Julie, si je vous offrais la mienne.

Que m'offrestu donc, noble femme? suisje digne de ton affection?

Oui, Julie, si vous la partagez.

Eh! ne voistu pas que je l'implorerais à genoux s'il le fallait! Oh! belle et bonne créature de Dieu que vous êtes, prenez garde à ce que vous allez faire en m'ouvrant le trésor de votre affection; car si vous vous rétirez de moi quand vous aurez vu le fond de mon coeur, vous aurez frappé le dernier coup, et je serai forcée de vous maudire.

Pourquoi mêlezvous toujours quelque chose de sinistre à votre expansion? On vous a donc fait bien du mal? Et cependant un homme vous a rendu justice, un homme vous a aimée.

De quel homme parlezvous?

De mon frère.

Ah! ne parlons pas de lui, Alice, car c'est là que notre lien, à peine formé, va peutêtre se rompre, à moins que ma franchise ne me fasse absoudre!

Pas de confession, ma chère Julie. Je sais de vous certaines choses que je comprends sans les approuver. Mais trois années de dévouement et de fidélité les ont expiées.

Écoutez, écoutez, s'écria Julie en se pliant sur le coussin de velours resté à terre aux pieds d'Alice, dans une attitude à demi familière, à demi prosternée: je ne veux pas que vous me croyiez meilleure que je ne le suis. J'aimerais mieux que vous me crussiez pire, afin d'avoir à conquérir votre estime, que je ne veux ni surprendre ni extorquer. Je veux vous dire toute ma vie.

Et comme Alice fit involontairement un geste d'effroi, elle ajouta avec abattement:

Non, je ne vous raconterai rien; je ne le pourrais pas non plus; mais je tâcherai de me faire connaître, en parlant au hasard, car mon coeur est plein de trouble, et je ne puis recevoir en silence un bienfait que je crains de ne pas mériter.

Oh! Madame, on n'est pas belle et pauvre impunément dans notre abominable société de pauvres et de riches, et ce don de Dieu, le plus magique de tous, la beauté de la femme, la femme du peuple doit trembler de le transmettre à sa fille.

Je me rappelle un dicton populaire que j'entendais répéter autour de moi dans mon enfance: Elle a des yeux à la perdition de son âme, disaient, les commères du voisinage, en me prenant des mains de ma mère pour m'embrasser. Ah! que j'ai bien compris, depuis, cette naïve et sinistre prédiction!

«C'est que la beauté et la misère forment un assemblage si monstrueux! La misère laide, sale, cruelle, le travail implacable, dévorant, les privations obstinées, le froid, la faim, l'isolement, la honte, les haillons, tout cela est si sûrement mortel pour la beauté! Et la beauté est ambitieuse; elle sent qu'elle est une puissance; qu'un règne lui serait dévolu si nous vivions selon les desseins de Dieu; elle sent qu'elle attire et commande l'amour, qu'elle peut élever une mendiante audessus d'une reine dans le coeur des hommes; elle souffre et s'indigne du néant et des fers de la pauvreté.

«Elle ne veut pas servir, mais commander; elle veut monter, et non disparaître; elle veut connaître et posséder; mais, hélas! à quel prix la société lui accordetelle ce règne funeste et cette ivresse d'un jour!

«Et moi aussi, j'ai voulu régner, et j'ai trouvé l'esclavage et la honte. Vous pensez peutêtre qu'il y a des âmes faites pour le vice, et condamnées d'avance; d'autres âmes faites pour la vertu et incorruptibles. Vous êtes peutêtre fataliste comme les gens heureux qui croient à leur étoile. Ah! sachez qu'il n'y a de fatal pour nous en ce monde que le mal qui nous environne, et que nous ne pouvons pas le conjurer. S'il nous était donné de le juger et de le connaître, la peur tiendrait lieu de force aux plus faibles. Mais que saiton du mal quand on ne le porte pas en soi? Nos bons instincts ne sontils pas légitimes, et, par cela même, invincibles? A qui la faute si nous sommes condamnées à périr ou à les étouffer?

«Ton ambition t'a perdue, me disait ma pauvre mère en courroux, après mes premières fautes. Cela était vrai; mais quelle était donc cette ambition si coupable? Hélas! je n'en connaissais pas d'autre que celle d'être aimée! Suisje donc criminelle pour n'avoir pas trouvé l'amour, pour moins encore, pour n'avoir pas su qu'il n'existait pas?

«Et, ne trouvant pas la réalité de l'amour, il a fallu me contenter du semblant. Des hommages et des dons, ce n'est pas l'amour, et pourtant la plupart des femmes qui portent le même nom que moi dans la société n'en demandent pas davantage. Mais le plus grand malheur qui puisse échoir à une femme comme moi, c'est de n'être pas stupide. Une courtisane intelligente, douée d'un esprit sérieux et d'un coeur aimant! mais c'est une monstruosité! Et pourtant je ne suis pas la seule. Quelques unes d'entre nous meurent de douleur, de dégoût et de regrets, au milieu de cette vie de plaisir, d'opulence et de frivolité qu'elles ont acceptée.

«Ce n'est pas la cupidité, ce n'est pas le libertinage, qui les ont conduites à ce que la société considère comme un état de dégradation.

«Il est vrai qu'elles ont commis, comme moi, des fautes, et qu'elles ont caressé aussi de dangereuses, de coupables erreurs. Elles ont accepté leur opulence de mains indignes, et lâchement reçu comme un dédommagement de leur esclavage ou de leur abandon, des richesses qu'elles auraient dû haïr et repousser.

«Il y a beaucoup d'intrigantes, qui, pour s'assurer ces richesses, jouent avec la passion, menacent d'une rupture, feignent la jalousie, poursuivent de leurs transports étudiée un amant qui les quitte, enfin trafiquent de l'amour d'une manière honteuse. A celleslà rien de sacré, rien de vrai. Elles n'aiment jamais; elles quittent un amant par la seule raison qu'un amant plus riche se présente. Ces femmeslà me font horreur, et je me surprends à les mépriser, comme si j'étais irréprochable. Mais quelquesunes d'entre nous valent mieux, sans qu'on s'en aperçoive, sans qu'on leur en sache aucun gré. Elles ne calculent pas, elles ne comptent pas avec la richesse.

«Le hasard seul a voulu que le premier objet de leur passion fût riche, et elles n'ont pas prévu qu'en se laissant combler, elles seraient regardées bientôt comme vendues.

«Puis, dans l'habitude de luxe où elles vivent, avec les besoins factices qu'on leur crée, avec l'entourage de riches admirateurs qui fait leurs relations, leur âme s'amollit, leur constitution s'énerve, le travail et la misère leur deviennent des pensées de terreur. Si elles changent d'amant, c'est un riche qui se présente, c'est un riche qui est accepté.

«Devenues futiles et aveugles, un homme simple et modeste n'est plus un homme à leurs yeux; il n'exerce pas de séduction sur elles; un habit mal fait le rend ridicule, le défaut d'usage, la simplicité des manières le font paraître déplaisant, et nous serions humiliées d'avoir un tel protecteur, et de paraître avec lui en public. Nous devenons plus aristocratiques, plus patriciennes que les duchesses de l'ancienne cour et les reines modernes de la finance.

«Et puis, l'oisiveté est une autre cause de démoralisation, et c'est encore par là que nous en venons à ressembler aux grandes dames. Nous avons pris l'habitude de donner tant d'heures à la toilette, à la promenade, à de frivoles entretiens, nous trônons avec tant de nonchalance sur nos ottomanes ou dans nos avantscènes, qu'il nous devient bientôt impossible de nous occuper avec suite à rien de sérieux.

«Nos sots plaisirs nous excèdent, mais la solitude nous effraie, et nous ne pouvons plus nous passer de cette vie de représentation stupide, qui est à la fois un fardeau et un besoin pour nous.

«Et puis encore l'orgueil! cette sorte d'orgueil particulier aux êtres qu'on s'est efforcé d'avilir, qui ont donné des armes contre eux, et qui, ne pouvant retrouver le vrai chemin de l'honneur, se font gloire de leur contenance intrépide. Oh! cet orgueillà, pour être illégitime, n'en est pas moins jaloux, ombrageux et despotique à l'excès. On pourrait le comparer à celui de certains hommes politiques qui se drapent dans leur impopularité.

«Jugez donc de ce que doit souffrir une tête douée d'intelligence et de raison, quand, poussée par la fatalité dans cette voie sans issue, elle arrive à perdre la puissance de se réhabiliter sans en voir perdu le besoin.

«Ah! Madame, vous n'êtes pas, vous, une femme vulgaire, vous avez un grand coeur, une grande intelligence. Il est impossible que vous ne me compreniez pas. Vous ne voudriez pas m'insulter en me mettant sous les yeux les prétendus éléments de mon bonheur, le nom et le titre que je porte, la sécurité de ma fortune, de ma liberté, ma beauté encore florissante; et mon esprit généralement vanté et apprécié par de prétendus amis.

«Mon nom de patricienne et mon titre de comtesse, je les dois à l'amour aveugle et obstiné d'un homme que je ne pouvais pas aimer, et que j'ai souvent trompé, avide et insatiable que j'étais d'un instant d'amour et de bonheur impossibles à trouver!

«Cet homme excellent, mais homme du monde, malgré tout, jaloux sans passion et généreux sans miséricorde, n'eût jamais osé faire de moi sa femme, s'il eût dû survivre à la maladie qui l'a emporté.

«À son lit de mort, il a voulu, par un étrange caprice, me laisser dans le monde un rang auquel je ne songeais pas, et que j'ai eu la faiblesse d'accepter sans comprendre que ce serait là encore une fausse dignité, une puissance illusoire, une comédie de réhabilitation, un masque sur l'infamie de mon nom de fille.

«La famille du comte de S n'a pas voulu me disputer le legs considérable dont je jouis, et cette crainte du scandale est la marque de dédain la plus incisive qu'elle m'ait donnée. Je sais bien que, dans le temps où nous vivons, je pourrais braver ce dédain, me pousser par l'intrigue dans les salons, y réussir, y tourner la tête d'un lord excentrique ou d'un Français sceptique, faire encore un riche, peutêtre un illustre mariage, qui sait! aller à la cour citoyenne comme certaines filles publiques, bien autrement avilies que moi, s'y sont poussées et installées à force d'impudence ou d'habileté. Mais je n'ai pas la ressource d'être vile, et ce genre d'ambition m'est impossible.

«Mon orgueil est trop éclairé pour aller affronter des mépris qui me font souffrir par la seule pensée qu'ils existent au fond des coeurs, quelque part, chez des gens que je ne connais même pas. Je ne pourrais pas, je n'ai jamais pu m'entourer de ces femmes équivoques, qui ont fait justement comme moi, par les mêmes hasards, mais avec d'autres intentions et d'autres moyens. J'abhorre l'intrigue, et j'éprouve une sorte de consolation à écraser ces femmeslà du mépris qu'elles m'inspirent.

«Mais, hélas! pour valoir mieux qu'elles, je n'en suis que plus malheureuse.

«Ne pouvant m'amuser à la possession des bijoux et des voitures, à la conquête des révérences et à l'exhibition d'une couronne de comtesse sur mes cartes de visite, j'ai l'âme remplie d'un idéal que je n'ai jamais pu, et que, moins que jamais, je puis atteindre.

«Le manque d'amour me tue, et le besoin d'être aimée me torture Et pourtant je ne suis pas sûre de n'avoir pas perdu moimême, au milieu de tant de souffrances, la puissance d'aimer.

«Ah! la voilà, cette révélation gui vous effraie et à laquelle vous n'osiez pas vous attendre! Je vous ai devinée, Alice, et je sais bien ce qui a disposé votre grand coeur à m'absoudre de toute ma vie. Dans votre vie de réserve et de pudeur, à vous, vous vous êtes dit avec l'humilité d'un ange, que les femmes comme moi avaient une sorte de grandeur incomprise, qu'elles se rachetaient devant Dieu par la puissance de leurs affections, et que, comme à Madeleine, il leur serait beaucoup pardonné, parce qu'elles ont beaucoup aimé. Hélas! vous n'avez pas compris que Dieu serait trop indulgent, s'il permettait aux âmes qui abusent de ses dons de ne pas arriver à la satiété et à l'impuissance.

«Le châtiment est là pour le coeur de la femme, comme pour les sens du débauché.

«Et ce malheur incommensurable n'est pas l'expiation des âmes vulgaires, sachezle bien. J'ai été frappée, en Italie, de la différence qui existait entre moi et presque toutes ces femmes d'une organisation à la fois riche et grossière.

«Elles avaient bien aussi des alternatives d'illusion et de déception, mais leurs sens sont si actifs, que leur illusion n'est pas tuée par ses nombreuses défaites. J'ai connu à Rome une jeune fille de vingt ans, qui me disait tranquillement, en comptant sur ses doigts:

«J'ai aimé trois fois, et j'ai toujours été trompée; mais, cette foisci, je suis bien sûre d'être aimée, et de l'être pour toujours.»

«Huit jours après, elle était trahie; elle fut d'abord folle, puis malade à mourir; puis, quand elle fut guérie, il se trouva qu'elle était passionnément éprise du médecin qui l'avait soignée, et qu'elle disait encore:

«Cette foisci, c'est pour toujours.»

«J'ignore la suite de ses aventures; mais je gagerais qu'elle est aujourd'hui à son dixième amour, et qu'elle ne désespère de rien. Pourtant cette fille était honnête, sincère, elle donnait toute son âme, elle se dévouait sans mesure, elle était admirable de confiance, de miséricorde et de folie. C'était une mobile et puissante organisation.

«Nous ne sommes point ainsi, nous autres Françaises, nous autres Parisiennes surtout. Nous n'avons peutêtre pas moins de coeur qu'elles; mais nous avons beaucoup plus d'intelligence, et cette intelligence nous empêche d'oublier. Notre fierté est moins audacieuse; elle est plus délicate, elle ne se relève pas aussi aisément d'un affront; elle raisonne; elle voit le nouveau coup qui la menace dans la récente blessure dont elle saigne. Ce n'est pas une force égarée qui cherche aveuglément le remède dans l'oubli du mal et dans de nouveaux biens. C'est une force brisée, qui ne peut se consoler de sa chute, et qui se regrette amèrement ellemême.

«En bien, Alice, voilà longtemps que je parle, et je ne vous ai encore rien dit, rien fait comprendre, peutêtre. C'est que je suis une énigme pour moimême. Malade d'amour, Je n'aime pas. Une fois, dans ma vie, j'ai cru aimer j'ai longtemps caressé ce rêve comme une réalité dont le souvenir faisait toute ma richesse, et, à présent? Eh bien, à présent, hélas! je ne suis pas même sûre de n'avoir pas rêvé. Ah! si je pouvais, si j'osais raconter! Tenez, c'est comme pour aimer: Vorrei e non vorrei.»

Eh bien, Julie, répondit Alice en étouffant un profond soupir; car les paroles d'Isidora l'avaient remplie d'effroi et navrée de tristesse: parlez et racontez. Vous en avez trop dit, et j'en ai trop entendu pour en rester là. Oubliez que vous parlez à la soeur de votre mari. Et pourquoi, d'ailleurs, ne seraitelle pas votre confidente? Lui vivant, vous eussiez pu chercher en elle un soutien contre votre propre faiblesse, un refuge dans vos courageux repentirs.

A présent que je ne peux plus lui conserver ou lui rendre les bienfaits de votre affection, je peux, du moins, accomplir son dernier voeu, en remplissant, auprès de vous, le rôle d'une soeur.

Appelezmoi votre soeur! dites ce mot adorable, ma soeur, s'écria Isidora en embrassant avec énergie les genoux d'Alice. Oh! s'il est possible que vous m'aimiez ainsi, oui, je jure à Dieu que, moi, je pourrai encore aimer et croire!

En cet instant Isidora parlait avec l'élan de la conviction, et tout ce qu'elle avait encore de pur et de bon dans l'âme rayonnait dans son beau regard.

Alice l'embrassa et lui donna le nom de soeur, en appelant sur elle la bénédiction de la grâce divine.

Et maintenant, dit Julie tout en pleurs, je raconterai le fait le plus caché et le plus important de ma vie, mon seul amour! C'est un homme que vous connaissez qui demeure chez vous qui vous a sans doute parlé de moi

Oui, c'est Jacques Laurent, répondit Alice avec un calme héroïque.

Ce nom, dans la bouche de madame de T, fit frissonner Isidora.

Elle redevint farouche un instant et plongea son regard dans celui d'Alice; mais elle ne put pénétrer dans cette âme invincible, et la courtisane jalouse et soupçonneuse fut trompée par la femme sans expérience et sans ruse. C'est peutêtre la plus grande victoire que la pudeur ait jamais remportée.

«Elle ne l'aime pas, je peux tout dire, pensa Isidora, et elle dit tout, en effet.

Elle raconta son histoire et celle de Jacques, dans les plus chauds détails. Elle n'omit des événements de la nuit que les soupçons qu'elle avait eus sur sa rivale; elle les oublia plutôt qu'elle ne les voulut celer. Ne les ressentant plus, heureuse d'aimer Alice sans avoir à lutter contre de mauvais sentiments, elle dévoila, avec son éloquence animée, ce triste roman qu'elle voyait enfin se dessiner nettement dans ses souvenirs. Elle confessa même que, sans le vouloir, sans le savoir, entraînée par un prestige de l'imagination, elle avait exagéré à Jacques la passion qu'elle avait conservée pour lui; et, quand elle eut fait cette confession courageuse, elle ajouta:

«C'est là le dernier trait de ce malheureux caractère que je ne peux plus gouverner, le plus évident symptôme de cette maladie incurable à laquelle je succombe.

«Le besoin d'être aimée m'a fait croire à moimême que j'aimais éperdument, et je l'ai affirmé de bonne foi; j'en ai protesté avec ardeur.

«Il l'a cru, lui: comment ne l'eûtil pas fait, quand je le croyais moimême?

«Eh bien, j'ai gâté mon roman en voulant le reprendre et le dénouer. Le premier dénouement, brusqué dans la souffrance, l'avait laissé complet dans ma pensée. A présent, il me semble qu'il ne vaut guère mieux que tous les autres, et que le héros ne m'est plus aussi cher.

«Il me semble que j'ai fait une mauvaise action en voulant prendre possession de son âme malgré lui.

«À coup sûr, j'ai manqué à ma fierté habituelle, à mon rôle de femme, en n'ayant pas la patience d'attendre qu'il se renflammât de luimême.

«Quel doux triomphe c'eût été pour moi de voir peu à peu revenir à mes pieds, en suppliant, cet homme que j'avais si rudement abandonné au plus fort de sa passion, et qui a dû me maudire tant de fois! Et ne croyez pas que ce regret soit un pur orgueil de coquette: oh! non. Je ne demande à inspirer l'amour que pour réussir à y croire ou à le partager.

«J'ai donc empêché cet amour de renaître en voulant le rallumer précipitamment. Là encore ma soif maladive m'a fait renverser la coupe avant de boire, ou, pour employer une comparaison plus vraie, le froid mortel qui me gagne et m'épouvante m'a forcée à me jeter dans le feu, où je me suis brûlée sans me réchauffer.

«Ah! condamnezmoi, noble Alice, et reprochezmoi sans pitié ce désordre et cette fièvre d'abuser, qui, de mon ancienne vie de courtisane, a passé jusque dans mes plus purs sentiments; ou plutôt plaignez moi, car je suis bien cruellement punie! punie par ma raison, que je ne puis ni reprendre ni détruire; par la délicatesse de mon intelligence, qui condamne ses propres égarements; par mon orgueil de femme, qui frémit d'être si souvent compromis par ma vanité de fille.

«J'étais jalouse, cette nuitjalouse, sans savoir de qui!

«J'aurais accusé Dieu même de s'être mis contre moi pour m'enlever l'amour de cet homme! et j'ai cru qu'en le rendant infidèle à sa nouvelle amante, je le reprendrais; mais je crains de l'avoir perdu davantage, car c'est bien par là que Dieu devait me châtier. Jacques ne m'aime plus, cela est trop évident. Il me plaint encore; il est capable de me sermonner, de me protéger au besoin, de mettre toute sa science et toute sa vertu à me sauver. Il est si bon et si généreux! Mais qu'aije besoin d'un prêtre? c'est un amant que je voulais. J'en retrouve un distrait et sombre Je ne suis pas aimée.

«Pour la centième et dernière fois de ma vie, je ne suis pas aimée! O mon Dieu! et, alors, comment faire pour que j'aime?

«Voilà mon coeur, hélas! chère Alice, ce coeur qui agonise et qui ne peut vous répondre de luimême.

Vous croyez que Jacques ne vous aime pas? dit Alice, plongée tout à coup dans une méditation étrange; seraitce possible?

Puis elle ajouta, en secouant la tête, comme pour en chasser une idée importune:

«Non, ce n'est pas possible, Julie, Jacques est absorbé par une grande passion, j'en ai la certitude, et, vous seule, pouvez en être l'objet. Il a trop souffert pour que son premier transport ne soit pas douloureux.

«Mais aimezle, ma pauvre soeur, au nom du ciel, aimezle, et vous le sauverez, en vous sauvant vousmême.

«Oh! ne laissez pas tomber dans la poussière ce poème, ce roman de votre vie, comme vous l'appelez. Si vous avez jamais rencontré une âme capable de connaître et d'inspirer de l'amour véritable, c'est celle de Jacques; je le connais peutêtre plus que vousmême, continuatelle avec un calme et mélancolique sourire. Depuis plusieurs mois que je le vois tous les jours, et que je l'entends expliquer à mon fils les éléments du beau et du bon, je me suis assurée que c'était un noble caractère et une noble intelligence. Et puis, ce n'est pas un homme du monde; sa vie est pure: la solitude, la pauvreté l'ont formé au courage et au renoncement.

«Il a sur la religion et la morale des idées plus élevées que celles d'aucun homme que j'aie connu. Ne le craignez pas, acceptez de lui la lumière de la sagesse, et rendezlui le feu sacré de l'amour.

«Vous pouvez encore être heureuse par lui, et lui par vous, Julie; que votre enthousiasme mutuel ne soit pas une faute et un égarement dans votre double existence. Vous vous êtes plu, maintenant aimezvous; et si cet amour ne peut devenir éternel et partait, faitesle durer assez, ennoblissezle assez pour qu'il vous soit salutaire à tous deux et vous dispose à mieux comprendre l'idéal de l'amour.

Et pourquoi donc, Alice, reprit Isidora avec une sorte d'anxiété, ne garderiezvous pas ce trésor pour vousmême? Oh! pardonnez moi si mon langage est trop hardi; mais qui doit connaître l'idéal de l'amour, si ce n'est une âme comme la vôtre? qui doit mépriser les différences de rang et de fortune, si ce n'est vous.

Il ne s'agit pas de moi, Julie, répondit Alice d'un ton de douceur sous lequel perçait une solennelle fierté; si je souffrais, je vous consulterais à mon tour; mais je ne souffre pas de mon repos, et l'heure d'aimer n'est apparemment pas venue pour moi, puisque je vous supplie d'aimer noblement le noble Jacques.

Vous ne l'aimez pas, je le vois bien, Alice, car il n'est pas d'amour sans exclusivisme et sans un peu de jalousie. Et pourtant, voyez combien je vous préfère à toute la terre! J'ai regret maintenant que vous n'ayez pas envie d'aimer Jacques, tant je serais heureuse de vous faire ce sacrifice.

Qui ne vous coûterait pas beaucoup, hélas! dans ce momentci, dit tristement Alice, puisque vous n'êtes pas sûre de l'aimer!

Ah! quand même je l'aimerais comme le premier jour où je le vis, comme je me figurais l'aimer hier soir! Mais, si vous ordonnez que je l'aime, Dieu fera ce miracle pour moi. Si mon salut est là, selon vous, je vous promets, je vous jure de ne point le chercher ailleurs.

Oui, jurezlemoi, Julie!

Par quoi jureraije? par le nom de ma soeur Alice? Je n'en connais pas qui me soit plus sacré.

Oui, jurez par mon nom de soeur, répondit madame de T en se levant pour se retirer et en lui serrant fortement la main. Jurez aussi par le nom de Félix, à la mémoire duquel vous devez d'aimer un homme qui respectera dans votre passé la trace de l'affection de mon frère.

Julie promit, et elles se quittèrent en faisant le projet de se revoir le lendemain. Alice rentra aussi calme en apparence qu'elle était sortie, et elle s'enferma chez elle. Au bout d'une heure, elle sonna sa femme de chambre.

«Laurette, ditelle à cette jeune Allemande, je me sens très malade. Je suis comme prise de fièvre, et je ne comprends pas bien ce que je vois autour de moi. Ecoute, ma fille, tu m'aimes, et tu sais que je ferais pour toi ce que tu vas faire pour moimême. Tu es pieuse, juremoi sur ta Bible protestante que si j'ai le délire, tu n'entendras rien, tu ne retiendras rien. Tu ne rediras à personne, pas même à moi (et surtout à moi) les paroles qui pourront m'échapper

«N'aie pas peur, ce ne sera peutêtre rien; mais enfin il faut tout prévoir; armetoi de courage et de dévouement: jure!»

Laurette jura.

«Ce n'est pas tout. Juremoi aussi que tu m'enfermeras si bien, que personne ne me soupçonnera malade d'autre chose que d'une migraine. Jure que tu n'appelleras pas le médecin tant que je serai dans le délire, si j'ai le délire. Jure que tu me laisseras mourir plutôt que de me laisser trahir un secret que j'ai sur le coeur et que Dieu seul doit connaître.»

La simple fille jura malgré son épouvante.

Pâle et consternée, elle déshabilla sa maîtresse qu'un frisson glacial venait de saisir et dont les dents contractées claquaient déjà avec un bruit sinistre.

Alice resta étendue sur son lit, sans mouvement, pendant vingtquatre heures. Ses appréhensions ne se réalisèrent pas. Elle n'eut pas de délire.

Les âmes habituées à se dompter et à se contenir portent le silence et le mystère jusque dans le tombeau.

Alice fut plus en danger de mourir durant cette effroyable crise nerveuse que Laurette ne put le comprendre. Elle ne faisait pas entendre une plainte.

Froide, raide et pâle comme une statue de marbre blanc, les yeux ouverts et fixes, elle n'avait aucune connaissance, aucun sentiment de sa situation; si Laurette ne l'eût sentie respirer faiblement, elle l'eût crue morte: mais comme elle respirait et ne pouvait exprimer sa souffrance, la bonne Allemande s'imagina parfois qu'elle dormait les yeux ouverts.

Heureusement l'affection fait parfois deviner aux êtres les plus simples ce qui peut nous sauver. Laurette sentant le corps d'Alice si froid et si contracté, ne songea qu'à la réchauffer, el elle finit par amener une légère transpiration. Peu à peu Alice revint à ellemême, et le premier mot qu'elle put articuler, fut pour demander à son humble amie si elle avait parlé.

«Hélas! Madame, répondit Laurette, vous en étiez bien empêchée. Voyons si vous n'avez point la langue coupée ou les dents cassées; car je n'ai jamais pu vous faire avaler une seule goutte d'eau.

«Dieu soit loué! votre belle bouche n'a rien de moins, et maintenant que vous voilà mieux, il vous faut le médecin et du bouillon.

Tout ce que tu voudras, Laurette. A présent, j'ai ma tête, je vois clairement. Je souffre beaucoup, mais je suis en possession de ma volonté.

Embrassemoi, ma bonne créature, et va te reposer. Envoiemoi mon fils el les autres femmes. Si je me sens redevenir folle, je le ferai rappeler bien vite.

Eh! Madame, vous n'avez été que trop sage, dit Laurette naïvement.

Le médecin s'étonna de trouver Alice si faible, et s'émerveilla des terribles effets de la migraine chez les femmes.

Vingtquatre heures après, Alice était levée et prenait du chocolat au lait d'amandes dans son petit salon, avec son fils, qui la réjouissait de ses caresses, et qui la regardait de temps en temps en lui disant:

«Petite mère, pourquoi donc vous êtes toute blanche, toute blanche?»

Alice avait la pâleur d'un spectre.

Vingtquatre heures encore s'écoulèrent avant qu'Alice voulût se montrer à Jacques Laurent. Les ravages de la douleur et de la volonté étaient encore visibles sur son visage, mais déjà ils étaient moins effrayants, et le calme profond qui suit de telles victoires résidait sur son large front encadré de bandeaux soigneusement lissés par Laurette.

Ce jourlà à six heures, Jacques, averti que le dîner était servi, entra dans la salle à manger avec la même préoccupation inquiète que les jours précédents. Mais en voyant Alice assise sur son fauteuil où l'avait apportée le vieux SaintJean, un cri de joie lui échappa, cri si profond, si expressif, qu'Alice en tressaillit légèrement.

«J'ai été assez souffrante, mon ami, lui ditelle en lui tendant la main. Mais ce n'était rien de grave, et me voilà guérie. Je sais que vous avez veillé sur mon enfant comme l'eût fait sa propre mère. Je ne vous en remercie pas, Laurent, mais je vous en aime davantage.»

Pour la première fois, Jacques porta la main d'Alice à ses lèvres; il ne pouvait parler, il craignait de s'évanouir.

Pour la première fois aussi, Alice devina qu'elle était aimée. Mais il était trop tard, et une pareille découverte ne pouvait qu'augmenter sa souffrance.

Qu'étaitce donc qu'un amour si différent du sien, un amour compliqué, flottant, partagé déjà dans le présent et dans le passé, dans l'avenir peutêtre? Toute sa puissance sur le coeur de Jacques s'était donc réduite, et devait probablement se réduire encore à le rendre infidèle parfois à un souvenir adoré, à une passion toute puissante dans ses accès et ses retours!

Peutêtre qu'Alice eût pardonné si elle eût compris qu'elle n'était point la rivale d'Isidora, mais qu'au contraire Isidora était la sienne dans le coeur de Jacques; qu'elle n'avait pas causé l'infidélité, mais que l'infidélité avait été commise contre elle. Mais elle en jugea autrement, et elle s'était d'ailleurs trop engagée avec Julie pour ne pas prendre en horreur l'idée de lui disputer son amant. Elle frissonna comme quelqu'un qui se réveille au bord d'un abîme, et elle fit un immense effort de courage et de dignité pour s'éloigner à jamais du danger d'y tomber. Pourtant, chose étrange, mais que toute femme comprendra, à partir de cet instant ce courage lui parut plus facile.

Jacques avait ignoré, ainsi que tout le monde, la gravité du mal qu'elle qualifiait d'indisposition. Il fut effrayé de sa pâleur. Cependant, comme il n'y avait pas d'autre altération profonde dans ses traits, comme l'expression en était sereine, plus sereine même qu'à l'ordinaire, il ne soupçonna pas qu'elle eût été vingtquatre heures aux prises avec la mort. Il osa à peine la questionner sur ses souffrances, et quoiqu'il eût résolu de lui reprocher, au nom de son fils et de ses amis, l'imprudence qu'elle avait commise en passant toute une nuit à se promener nutête dans le jardin, il ne put jamais avoir cette hardiesse.

Le souvenir de cette promenade étrange le frappait de respect et d'une sorte de terreur. Il avait cru découvrir là qu'un grand secret remplissait la vie de cette femme silencieuse et contenue.

Mais quelle pouvait être la nature d'un tel secret? Étaitce une douleur de l'âme ou une souffrance physique soigneusement cachée? Peutêtre, hélas! l'accès d'un mal mortel étouffé avec stoïcisme depuis longtemps.

Depuis six mois, il remarquait bien qu'Alice pâlissait et maigrissait d'une manière sensible; mais comme elle ne se plaignait jamais et paraissait d'une constitution robuste, il n'en avait pas encore pris de l'inquiétude. Que croire maintenant? Sa veillée solitaire dans une si profonde absorption étaitelle le résultat ou la cause du mal? Quoi que ce fût, il y avait là dedans quelque chose de solennel et de mystérieux que Jacques n'osait pas dire avoir surpris. A peine putil se hasarder à demander si madame de T. n'avait pas pris un rhume.

«Non pas, que je sache, réponditelle simplement. Ce n'est pas la saison des rhumes.» Et tout fut dit.

Jacques ne devait pas savoir qu'il avait assisté au suicide d'une passion profonde, el qu'il était la cause de ce suicide, l'objet de cette passion.

Le repas fini, Alice voulut se lever pour retourner au salon. Mais il y avait un reste de paralysie dans ses jambes, et il lui fut impossible de faire un pas.

Elle pria Jacques d'aller lui chercher un livre dans la chambre de son fils, et l'enfant ayant suivi son précepteur, elle se fit reporter sur son fauteuil: elle ne voulait pas que ces deux êtres se doutassent de ce qu'elle avait souffert.

«Mon ami, ditelle à Jacques lorsqu'il fut de retour, nous sommes encore seuls ce soir. Je ne rouvrirai ma porte que demain. Je veux utiliser celle soirée en la consacrant à ma bellesoeur, à laquelle j'avais donné, pour avanthier, un rendezvous dans son jardin.

«J'ai été forcée d'y manquer, et elle doit être inquiète de moi; car elle a de l'affection pour moi, j'en suis certaine, et, moi, j'en ai pour elle, beaucoupmais beaucoup! Vous aviez raison, Jacques, condamner sans appel est odieux, juger sans connaître est absurde.

«Madame de S n'est une femme ordinaire en rien. Je serais heureuse de la voir maintenant; mais je suis encore un peu faible pour marcher.

«Voulezvous avoir l'obligeance d'aller chez elle, de vous informer si elle est seule, si elle est maîtresse de sa soirée, et, dans ce cas, de me l'amener?

«Vous pouvez passer par les jardins. La petite porte est et sera désormais toujours ouverte.»

Jacques obéit. Isidora se préparait à monter en voiture pour aller se promener au bois avec quelques personnes.

A peine sutelle l'objet de la mission de Jacques, par un billet écrit au crayon dans l'antichambre, qu'elle congédia son monde, fit dételer sa voiture, et jetant son voile sur sa tête, elle s'élança vers lui et prit son bras avec une vivacité touchante. «Ah! que je vous remercie! lui ditelle en courant avec lui, comme une jeune fille, à travers les jardins. Quelle bonne mission vous remplissez là! Je croyais qu'elle m'avait déjà oubliée, et je ne vivais plus.

Elle a été malade, dit Jacques.

Sérieusement; mon Dieu?

Je ne pense pas; cependant elle est fort changée.

Le pressentiment de la vérité traversa l'esprit pénétrant d'Isidora.

Lorsqu'elle songeait à la conduite d'Alice, elle était près de tout deviner; mais, lorsqu'elle la voyait, ses soupçons s'évanouissaient. C'est ce qui lui arriva encore, lorsque Alice la reçut avec un rayon de bonheur dans les yeux et les bras loyalement ouverts à ses tendres caresses. L'impétueuse et indomptée Isidora ne pouvait élever sa pensée jusqu'à comprendre la fermeté patiente d'un tel martyre, la sublime générosité d'un tel effort.

Et cependant Isidora n'était pas incapable d'un aussi grand sacrifice; mais elle l'eût accompli autrement, et l'orage de sa passion vaincue eût fait trembler la terre sous ses pieds.

Quel orage pourtant, que celui qui avait passé sur la tête d'Alice! quelle tempête avait bouleversé tous les éléments de son être durant cette longue nuit dont le calme avait tant effrayé Jacques! et il n'en avait pourtant pas coûté la vie à un brin d'herbe.

Les sanglots d'Alice n'étaient pas sortis de sa poitrine; ses soupirs n'avaient fait tomber aucune feuille de rose autour d'elle.

Je ne me suis pas promis d'écrire des événements, mais une histoire intime. Je ne finirai par aucun coup de théâtre, par aucun fait imprévu. Alice, Isidora, Jacques, réunis ce soirlà, et souvent depuis, tantôt dans le petit salon, tantôt sur la terrasse du jardin, tantôt dans la belle serre aux camélias, se guérirent peu à peu de leurs secrètes blessures. Isidora fut, chaque jour, plus belle, plus éloquente, plus vraie, plus rajeunie par un amour senti et partagé. Jacques fut, chaque jour, plus frappé et plus pénétré de cet amour qu'il avait tant pleuré, et qui lui revenait, suave et doux comme dans les premiers jours, auprès de Julie, ardent et fort comme il l'avait été aux heures de l'ivresse et de la douleur. Elle aima, par reconnaissance d'abord, puis par entraînement, et, enfin, par enthousiasme; car Julie retrouvait, avec la confiance, la jeunesse et la puissance de son âme.

Alice fut le lien entre eus. Elle fut la confidente des dernières souffrances et des dernières luttes d'Isidora.

Elle s'attacha à la rendre digne de Jacques, et, sans jamais parler avec lui de leur amour, elle sut lui faire voir et comprendre quel trésor était encore intact au fond de cette âme déchirée. Quant á lui, le noble jeune homme, il le savait bien déjà, puisqu'il avait pu l'aimer alors qu'elle le méritait moins. Mais il avait conçu un idéal plus parfait de l'amour et de la femme en voyant Alice. Par quelle fatalité, étant aimé d'elle, ne putil jamais le savoir? Et elle, par quel excès de modestie et de fierté futelle trop longtemps aveuglée sur les véritables sentiments qu'elle lui avait inspirés? Ces deux âmes étaient trop pudiques et trop naïves, et, disonsle encore une fois, trop éprises l'une de l'autre, pour se deviner et se posséder. Leur amour n'était, pas de ce monde; il n'y put trouver place. Une nature toute d'expansion, d'audace et de flamme s'empara de Jacques: et, ne le plaignez pas, il n'est point trop malheureux.

Mais qu'il ignore à jamais le secret d'Alice, car Isidora serait perdue! Rassurezvous, il l'ignorera.

Fiezvous à la dignité d'une âme comme celle d'Alice. Elle a trop souffert pour perdre le fruit d'une victoire si chèremont achetée. Et ce serait bien en vain qu'elle apprendrait maintenant toute la vérité. Le soir où elle compta, en regardant la pendule, les minutes et les heures que son amant passait aux pieds d'une rivale, elle s'était fait ce raisonnement: S'il ne m'aime pas, je ne puis vivre de honte et d'humiliation: S'il m'aime et qu'il se laisse distraire seulement une heure, je ne pourrai jamais le lui pardonner. Dans tous les cas, il faut que je guérisse.

Ne la trouvez pas trop orgueilleuse.

A vingtcinq ans, elle n'avait jamais aimé, et elle s'était fait de l'amour un idéal divin. Elle ne pouvait pas comprendre les faiblesses, les entraînements, les défaillances des amours de ce monde. A la voir si indulgente, si généreuse, si étrangère par conséquent aux passions des autres, on jurerait qu'elle n'essaiera plus d'aimer.

Vous me direz que c'est invraisemblable, et qu'on ne peut pas finir si follement un roman si sérieux. Et si je vous disais qu'Alice est si bien guérie qu'elle en meurt? vous ne le croiriez pas; personne ne s'en doute autour d'elle, son médecin moins que personne.

Cependant elle n'est pas condamnée à mort comme malade, dans ma pensée.

Isidora atelle donc embrassé dans Jacques son dernier amour?

Un jour ne peutil pas venir où celui d'Alice renaîtra de ses cendres? celui de Jacques estil éteint ou assoupi? n'y auratil jamais entre eux une heure d'éloquente explication?

Qui sait? ces romanslà ne sont jamais absolument terminés.

En effet, ce roman ne devait pas finir là, et lorsque nous racontions ce qu'on vient de lire, nous ne connaissions pas bien les pensées de Jacques Laurent. Un an plus tard, nous reçûmes de nouvelles confidences, et les papiers qui tombèrent entre nos mains nous forcent de donner une troisième partie à son histoire.

FIN ALICE.